UNA HISTORIA DE CINE
MAGGIE COX

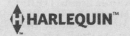

Editado por Harlequin Ibérica.
Una división de HarperCollins Ibérica, S.A.
Núñez de Balboa, 56
28001 Madrid

© 2007 Maggie Cox
© 2016 Harlequin Ibérica, una división de HarperCollins Ibérica, S.A.
Una historia de cine, n.º 2467 - 18.5.16
Título original: The Spaniard's Marriage Demand
Publicada originalmente por Mills & Boon®, Ltd., Londres.
Este título fue publicado originalmente en español en 2007

I.S.B.N.: 978-84-687-7878-5
Depósito legal: M-6144-2016
Impresión en CPI (Barcelona)
Fecha impresion para Argentina: 14.11.16
Distribuidor exclusivo para España: LOGISTA
Distribuidores para México: CODIPLYRSA y Despacho Flores
Distribuidores para Argentina: Interior, DGP, S.A. Alvarado 2118.
Cap. Fed./Buenos Aires y Gran Buenos Aires, VACCARO HNOS.

Prólogo

EL verano había golpeado con fuerza en el Reino Unido y las aceras ardían como planchas al rojo vivo. Al caminar descalza sobre la fresca tarima para volver al sofá, lo único en lo que podía pensar era en su recién descubierto embarazo. Los resultados del test de embarazo que se acababa de hacer, unidos al cansancio y a las náuseas que llevaba padeciendo una semana, eran irrefutables. De todas las situaciones a las que se podría haber tenido que enfrentar a la vuelta de su viaje, ese era un panorama catastrófico que no había previsto.

En un intento de calmar la sensación de miedo y el malestar físico que se sumaban a su creciente ansiedad, volvió a levantarse de un salto y corrió al cuarto de baño. Diez minutos más tarde, Isabel revisó su situación con una determinación tal que, incluso, le sorprendió a ella misma. Su apasionado paréntesis con un guapo y famoso español había sido el origen de su embarazo. A la vez que, estoicamente, se aseguró a sí misma que tenía los suficientes recursos como para afrontarlo todo sola, se obligó a resistirse al profundo miedo que subyacía a su optimismo y que amenazaba con echarlo todo por tierra. Lo anhelaba; la ferviente y silenciosa súplica que había aflorado en aquel momento en el que había te-

nido que decirle adiós al hombre que se había in-
miscuido en su viaje de aquel modo tan impactante,
de pronto había vuelto a anidar en su interior y fue
entonces cuando supo que, probablemente, esa súplica sería su compañera durante toda su vida.

Capítulo 1

Mayo de 2004. Puerto de Vigo, norte de España.

—¡No! No me importa lo que me digas y tampoco me importa si no vuelves a hablarme, Emilia, pero no voy a detener la investigación de mi libro para ir Dios sabe adónde a buscar a un director de cine egocéntrico que puede o no estar donde tú dices y que, con toda seguridad, no me concederá ninguna entrevista.

Después de tomar aire, irritada por la ira vertida contra su hermana a través del teléfono, Isabel tamborileó con los dedos sobre el mostrador de la recepción del hotel, desde donde había atendido la llamada. Sintió cómo un dulce río de sudor recorría su cuello. Era como pegamento caliente. Aunque afuera estaba lloviendo, el calor no cesaba. En ese mismo momento habría vendido su alma por una ducha fría y un refresco, seguidos de una siesta y un momento de tranquilidad para pensar antes de volver al trabajo. Había pasado el día entero entrevistando a peregrinos del conocido Camino de Santiago de Compostela. Le dolían la espalda y los pies, pero la compañía y el entusiasmo de los peregrinos la habían ayudado mucho y así, después de tomarse un descanso, se puso a escribir con entusiasmo. Lo que Isabel no quería por nada del mundo era perder el tiempo buscando a un hombre que, aparentemente, protegía su intimidad a conciencia. Y todo porque su impulsiva, despiadada y ambiciosa hermana le había suplicado que lo entrevistara para que ella pudiera así conseguir una exclusiva para su revista.

—Por favor, Isabel... ¡no puedes decirme que no! Estás en el puerto de Vigo, exactamente en el mismo lugar donde se encuentra Leandro Reyes y en el único día en el que él va a dar una conferencia allí y ¡te suplico que me hagas este favor enorme! ¿Qué tengo que hacer para convencerte? Mira... te pagaré lo que quieras... solo tienes que decirme la cantidad que quieres y te la daré.

—¡Por el amor de Dios, Emilia! ¡No quiero dinero! ¡Lo único que quiero es que me dejes tranquila para poder seguir con mi viaje!

La desesperación de su hermana estaba empezando a resultar ridícula, y es que Emilia no estaba muy acostumbrada a que le negaran nada. Era la niña mimada de la familia. Era tres años más joven que Isabel y había nacido del matrimonio de su madre con Hal Deluce, un simpático norteamericano al que había conocido en un crucero por las Bahamas un año después de que su padre muriera. De ahí que Emilia hubiera sido considerada un augurio de cosas buenas por venir y una niña perfecta e incapaz de hacer ningún mal. Por otro lado, y ya que era la mayor, se habían creado muchas expectativas en torno a ella... expectativas que siempre había sabido que jamás alcanzaría. Buen ejemplo de ello fue la costosa boda que sus padres habían pagado y organizado para ella. Isabel se negó a continuar con la pantomima de aquella boda; en el último momento había descubierto que la relación que había mantenido con su prometido había sido una absoluta farsa.

Por el contrario, sus padres jamás habían pronunciado las palabras «fracaso» y «Emilia» en la misma frase. A su próspera carrera como periodista de una de las revistas femeninas más vendidas del país, había que añadirle su boda con un joven corredor de bolsa proveniente de una familia prácticamente aristócrata. Su matrimonio había consolidado su indiscutible posición de la chica «incapaz de hacer nada mal» y se había mudado a una magnífica casa en Chelsea, en la que se codeaba con algunos de los famosos sobre los que luego escribía en su revista. A ojos de su madre, la pequeña ya había llegado a su destino, mientras que Isabel seguía en camino.

Isabel no podía negar que, en ocasiones, le dolía ser la única que todavía no lo había logrado. Y debido a su privilegiada posición en la familia, lo que Emilia exigía de las personas que se preocupaban por ella era excesivo. Y eso estaba pasando ahora, después de enterarse de que Isabel estaba en el norte de España únicamente con la intención de recopilar información para su libro y enfrentándose al desafío de un peregrinaje de aproximadamente ochocientos cinco kilómetros y caminando entre veinticuatro y treinta y dos kilómetros al día por polvorientos caminos del norte de España. No estaba de vacaciones ni persiguiendo ninguna experiencia frívola... estaba trabajando tanto como andando.

Pero eso no quería decir que Isabel no estuviera absolutamente encantada con lo que estaba haciendo. Se sentía en el séptimo cielo recorriendo e investigando el Camino de Santiago. Por eso no quería distraerse con algo como el inesperado favor de Emilia.

−¿No lo entiendes, Em? ¡Estoy trabajando! Me he pedido una excedencia de tres meses en la biblioteca para hacer esto y no quiero malgastar ni un solo segundo. Llevo todo el día caminando, hace calor, estoy cansada, tengo ampollas en los pies del tamaño de un luchador de sumo y necesito descansar antes de seguir trabajando esta noche y de volver al camino mañana. Eres una mujer de recursos. Si descubriste que Leandro Reyes está hoy en Vigo, ¡seguro que puedes descubrir dónde va a estar mañana! Lo siento, pero no puedo ayudarte... de verdad que no puedo.

Al otro lado del teléfono se oyó un suspiro de frustración que parecía decir: «Si no haces esto por mí, demuestras que has vuelto a fallarle a esta familia. Creía que eras mi hermana. Creía que te preocupabas por mí. Ahora veo muy claro que no es así».

Una puñalada de culpabilidad se abrió camino por su todavía dolorida columna y tuvo que morderse la lengua para no ceder ante el capricho de su hermana y cambiar lo último que había dicho por algo más agradable.

Miró nerviosa el reloj y luego alzó la mirada hacia las escaleras de caracol que llevaban a su habitación; su tranquila habitación que la estaba tentando para subir a descansar. Ni siquiera había deshecho la mochila. Iba a hacerlo justo cuando llamó Emilia. Isabel le había dado a su madre los números de todos los sitios en los que se iba a alojar durante su viaje, excepto cuando se hospedara en los refugios y monasterios tan utilizados por los peregrinos. En ese momento, después de la llamada de su hermana, Isabel tuvo motivos para desear no haberle dicho a nadie de su familia dónde iba a estar durante su viaje.

—¡Isabel, haría lo que fuera por tener cualquier información sobre Leandro Reyes! ¡Cuando mamá me dijo que hoy ibas a estar en el Puerto de Vigo me emocioné e ilusioné tanto…! Justo anoche me enteré de que él iba a estar allí y, de no ser porque esta tarde tengo unas reuniones importantes, yo misma habría volado hasta España para intentar verlo. Aunque ahora pudiera tomar un avión, ya sería demasiado tarde... según tengo entendido, solo estará allí esta noche. Esto significa tanto para mí, hermanita... para mi carrera... ¡Leandro Reyes es un dios entre los directores de cine! ¡La mayoría de los periodistas venderían su alma por entrevistarlo! Por favor, intenta verlo... ¡por favor! Si consiguieras sonsacarle dos frases, ya sería suficiente. ¡Al menos así podrías contarme tus impresiones sobre él y yo rellenaría y adornaría tu información para la revista!

Se le cayó el alma a los pies. Emilia trabajaba para una supuestamente respetable revista, pero hasta el momento no habían hecho más que sacar a relucir los trapos sucios de estrellas y famosos. Ese tipo de periodismo sensacionalista era despreciable, a ojos de Isabel. ¿Es que no podían dejar a toda esa gente en paz? Todo el mundo tenía derecho a la intimidad... incluso los directores de cine tan alabados y solicitados. Sobre todo los directores como Leandro Reyes que, según había oído en alguna parte, tenía fama de ser tremendamente enigmático y reservado. Le dio un vuelco el corazón solo de pensar en la posibilidad de encontrarse junto a un hombre así... ¡No importaba que no hablara con ella! Tragó saliva, tenía la boca seca y se moría por beber algo.

–Emilia, te tengo que dejar –dijo con una sonrisa–. Necesito darme una ducha y beber algo y luego...

–¡Te lo suplico, Isabel! Leandro estará en el Paradisio. Es uno de los lugares más discretos en el puerto y se va a encontrar allí con un amigo.

–Supongo que pierdo el tiempo si te pregunto de dónde obtienes toda esa información.

–Por si te interesa saberlo, anoche estuve en el preestreno de una película y escuché una conversación entre un par de norteamericanos de la industria del cine que acababan de trabajar con Leandro. Mencionaron que hoy tenía una conferencia en una facultad y que después se reuniría con un amigo en el puerto de Vigo para tomar algo. Estará allí a partir de las siete. Llámame a casa esta noche después de que lo hayas visto. Esperaré despierta tu llamada. Gracias, hermanita... ¡eres un ángel! ¡Sabía que podía contar contigo!

–¡No sabes que no es ético escuchar las conversaciones de los demás?

–¡Oh, vamos, sé realista, Isabel! ¡Tú y tus principios altruistas!

Dejó pasar ese comentario y se recogió su sedoso pelo negro.

–Pero ¿cómo voy a reconocerlo? –Isabel sabía que los directores que eran tan celosos de su vida privada no aparecían en fotografías con la misma frecuencia que Steven Spielberg, por ejemplo.

–Mide más de metro ochenta, es puro músculo, con el pelo oscuro y los ojos verdes grisáceos y no es de extrañar que sea el soltero más codiciado del mundo del cine. Hazme caso... ¡será imposible que no lo reconozcas!

Antes de que Isabel pudiera tomar aire, dejó de oír la voz de su hermana al otro lado del teléfono y, en su lugar, se oyó la señal de desconexión.

Leandro Reyes parecía inquieto mientras echaba un vistazo por el casi vacío bar. Alfonso debería ha-

ber llegado hacía media hora... en eso habían quedado. Su amigo y colega lo había llamado para verse y
que le diera su opinión sobre un trabajo que le habían
ofrecido. Al saber que Leandro pasaría por allí antes
de regresar a su casa en Pontevedra al finalizar la
conferencia, había propuesto que se vieran en el Paradisio. Era un lugar apartado y tranquilo donde nadie
los molestaría y el propietario del bar les había prometido prepararles comida si tenían hambre. Solo con
pensar en comida, el estómago vacío de Leandro se
quejó. Tal vez, mientras esperaba a que Alfonso llegara, si es que iba a hacerlo, podría comer algo y pensar en la apretada agenda que le esperaba durante los
próximos seis meses. Un camarero apareció casi en
cuanto Leandro se levantó y le dejó preguntándose si
el hombre lo había estado espiando. Esa paranoia le
hizo sonreír y a continuación pidió algo del marisco
tan típico en los restaurantes y bares del puerto.

–Sí, señor Reyes. Será un placer.

–Gracias.

Con la cabeza ligeramente levantada, Leandro
volvió a la mesa que había desocupado durante un
momento. Un hombre mayor sentado unas mesas
más allá levantó la vista del periódico y le sonrió
cortésmente. Leandro le devolvió el gesto con una
escueta sonrisa. No estaba acostumbrado a regalar
sonrisas con tanta facilidad. Mientras miraba a través
de la ventana con forma de arco que daba a un pequeño patio cuidado y adornado con plantas, vio una
mujer acercarse en la penumbra. Podía apreciar algo
de inseguridad en ella, como si no estuviera del todo
segura de haber encontrado lo que estaba buscando.
Aparte del hecho de que era lo suficientemente gua-
pa como llamar toda su atención, Leandro especuló

sobre qué estaría haciendo allí. ¿Tal vez había quedado con su amante? Se le encogió el estómago por un sorprendente y fugaz sentimiento de celos.

Cuando cruzó la puerta, vio que su impresionante atractivo aumentaba al acortarse las distancias. Por lo que él podía ver, sus ojos eran oscuros como el café y su pelo, recogido en una coleta, era negro azabache, pero, sorprendentemente, su tez era clara. Algo le decía que no era española. ¿Una turista, tal vez? Llevaba unos vaqueros desteñidos y una camisa blanca suelta, una vestimenta muy similar a la de Leandro. La presencia de la joven fue como un soplo de aire fresco en el pequeño y sofocante bar. La hermosa joven frunció el ceño al no ver a nadie que pudiera atenderla. Miró hacia atrás y su mirada se posó con un asombroso propósito sobre la de Leandro. Él sintió el impacto de esa mirada que lo buscaba, una mirada que prendió una pequeña pero poderosa llama en su interior... y en ese momento su sonrisa ya no fue tan reticente.

Podía ocurrir que Alfonso llegara tarde o incluso, que no acudiera al bar, así que ¿qué había de malo en convencer a esa chica de cabello azabache y enormes ojos oscuros para que lo acompañara a pasar el rato?

—El dueño del bar está ocupado —dijo en un español perfecto y, al ver el gesto de extrañeza de la chica, dedujo que no lo había entendido—. ¿Esperas a alguien? —le preguntó en un inglés fluido.

—No... Quiero decir... tal vez.

Sus mejillas se volvieron de color escarlata y le añadieron un atractivo toque de color a su pálida belleza. Así que era una turista... una turista inglesa, dado que no había rasgos de ningún otro acento en su delicada y atrayente voz. Leandro estaba cautivado.

–¿No sabes si estás esperando a alguien? –le preguntó en broma.

–No exactamente... lo que quiero decir es... ¿puedo hablar con usted? – la intrigante joven bajó la voz y se acercó a él, haciéndole llegar el evocador aroma del jazmín.

«Hay otras cosas que me gustaría hacer contigo, además de hablar...», pensó Leandro al contemplar su deslumbrante rostro.

–Yo... esto es muy embarazoso, yo no acostumbro a hacer este tipo de cosas, pero... ¿es usted Leandro Reyes?

Así que... ¡no era una inocente turista! La decepción se apoderó de él. O era una actriz oportunista buscando una incursión en el cine o era una periodista. Su instinto le decía que se trataba de esto último. ¡Qué lástima! De no ser por su aversión a los periodistas, le habría encantado pasar la velada con esa preciosa joven. Ahora su presencia le resultaba una deleznable intrusión en su tan protegida vida privada. ¿Cómo demonios había descubierto que iba a estar allí? No era ninguno de los universitarios que habían asistido a la conferencia, ¿cómo podía saber dónde se encontraba?

–Eso no es asunto tuyo –respondió con frialdad.

En ese momento Isabel habría estrangulado a su hermana si la hubiera tenido delante de ella. ¿Para qué la había convencido Emilia? Ella no era la clase de persona que se entrometía en la vida de los demás; ¡aunque reconociera a un famoso por la calle, sería la última persona en acercarse y molestarlo! Y ahora Leandro Reyes, ese estimado director de cine que protegía fervientemente su intimidad, ¡la estaba mirando como si fuera un insecto del que quisiera librarse!

–Lo siento mucho si lo estoy molestando –Isabel se mordió el labio superior para que dejara de temblar–, pero no era mi intención. Sabía que esto no era buena idea. Jamás debí haberme acercado a usted... por favor, discúlpeme –se dio la vuelta, quería salir de ese lugar lo antes posible y olvidar ese momento tan embarazoso. ¡Cuando llamara a Emilia al llegar a casa no pensaba contarle nada! ¡Debía de estar loca al pensar que podría conseguir una entrevista con ese hombre! La había mirado con desprecio. Probablemente, muchos periodistas sin escrúpulos ya lo habían molestado demasiadas veces.

–Espera un momento.

Su voz ronca, pero a la vez seductora, hizo que Isabel se detuviera en seco.

–¿Para qué publicación trabajas?

–Para ninguna.

Se volvió hacia él, despacio, mientras se colocaba unos mechones que se habían desprendido de su coleta. Los fríos ojos verdes de Leandro Reyes la estaban examinando con desconfianza y recelo. En ese momento, Isabel habría preferido encontrarse desamparada en medio de una tormenta de nieve en Liberia antes que tener que enfrentarse al terrible examen de su mirada.

–¿Qué quieres decir?

–Lo que quiero decir es que yo no soy periodista. Estoy en España recopilando información para un libro que estoy escribiendo. Y vine a buscarlo porque mi hermana, que trabaja para una... para una revista femenina del Reino Unido, me llamó al enterarse de que usted iba a estar aquí, en el puerto de Vigo, igual que yo, señor Reyes.

—Así que, ¿es tu hermana la que quiere entrevistarme para su revista?

—Así es. Una vez más, solo puedo pedirle disculpas por entrometerme de este...

—¿Cómo sabía que iba a estar aquí hoy? ¿Dónde consiguió esa información?

¿Cómo iba a decirle que Emilia había escuchado una conversación privada? Isabel deseaba escapar del feroz atractivo de ese inquietante hombre, aunque en el fondo pensaba que su enfado estaba totalmente justificado. ¡En ese momento debería estar en la pequeña habitación de su hotel haciendo anotaciones de sus conversaciones con los peregrinos que había visto esa mañana en lugar de estar actuando como una espía mal equipada enviada por su hermana! Ese inquietante y no deseado encuentro la había retrasado y ahora, incluso el simple acto de escribir su nombre le iba a suponer un gran esfuerzo.

—Lo siento, pero tendría que hablar de eso con mi hermana. Por favor, acepte mis disculpas por haberlo molestado, señor Reyes. Le dije a mi hermana que no era una buena idea, pero ella puede llegar a ser muy persuasiva... por desgracia —ligeramente avergonzada por haber confesado tanto, Isabel comenzó a alejarse de nuevo. Y una vez más, Leandro hizo que se detuviera.

—Entonces... ¿eres escritora? ¿Tienes algo publicado?

—No... Todavía no. Ahora trabajo como bibliotecaria, pero siempre he querido dedicar todo mi tiempo a escribir libros.

—Y este libro en el que estás trabajando... ¿es una obra de ficción?

Por un momento, Isabel estaba tan cautivada por

la mirada quijotesca de ese hombre que solo el acto de pensar resultaba toda una hazaña. De hecho, sus pensamientos parecían palabras incomprensibles sobre un tablero revuelto de una partida de Scrabble.

–No... no. Estoy... estoy escribiendo sobre los peregrinos que recorren el Camino de Santiago. Mi abuelo era español y me contó tantas historias sobre el camino que siempre quise venir aquí y disfrutar de esa experiencia.

Leandro vio cómo su enfado se desvanecía a medida que la observaba con auténtica sorpresa. El Camino de Santiago de Compostela era muy importante para él, para su familia y para toda la gente del norte de España. Muchos lo habían recorrido y habían recibido bendiciones de las que más tarde habían hablado. Tal vez esa preciosa joven con sus conmovedores ojos color ébano y su piel de color miel no estaba cortada por el mismo patrón que todos esos reporteros capaces de matar por conseguir una historia y que, en tantas ocasiones, eran como una plaga para la industria del cine. ¿No podría darse el caso de que tuviera más integridad que ellos? Leandro quería creerlo, a pesar de que su naturaleza desconfiada intentaba advertirle. Estaba claro que ella debía tener alguna buena cualidad si estaba escribiendo sobre el peregrinaje del Camino de Santiago. Tras luchar consigo mismo por brindarle el beneficio de la duda, Leandro transigió, diciéndose a sí mismo que muy pronto descubriría si la joven era sincera y auténtica.

–Así que... ¿estás recorriendo el Camino? –preguntó intrigado.

–Sí... pero paro durante uno o dos días para charlar con otros peregrinos y escribir un poco. ¡He escuchado historias verdaderamente inspiradoras hasta el momento y he recopilado un material magnífico para mi libro!

Isabel resistió inquieta el minucioso examen al que él la estaba sometiendo con su mirada y suspiró.

–Bueno... debería irme y dejarle tranquilo. Tengo que seguir con mi trabajo. Encantada de haberlo conocido, señor Reyes.

–Si estás encantada, no tendrías que tener tanta prisa por marcharte... ¿no? –empujó con los pies la silla que tenía enfrente en dirección a Isabel, que dio un pequeño salto. Se sonrojó y Leandro le sonrió con un aire de seguridad que indicaba que sabía que ella no rechazaría su invitación. Pero no estaba tan segura. Ahora que había conseguido lo que quería, o mejor, lo que Emilia quería, toda esa situación le había dejado un mal sabor de boca y lo único que deseaba era volver al hotel y trabajar en sus notas. Además, al día siguiente le esperaba una buena caminata y lo más sensato sería irse a descansar.

–Lo... lo siento, pero tengo que irme.

Emilia la mataría por desaprovechar la oportunidad de hablar con el enigmático director, pero ya había sido suficiente. No le quitaría ni un segundo más de su tiempo.

–¿Cómo te llamas? –le preguntó al notar su indecisión.

–Isabel Deluce.

–¿Isabel? Como la reina... Bueno, Isabel... –el modo en que pronunció su nombre hizo que su voz pareciera una impresionante caricia y ella sintió un escalofrío–, te hablaré sobre el Camino y el peregrinaje, pero mi trabajo y mi vida personal quedarán al margen... ¿Está claro?

Impactada por sus palabras, Isabel, nerviosa, posó su mano sobre sus vaqueros.

–Sí, claro... pero ¿de verdad que me hablará del Camino?

–Eso he dicho, ¿no?

Los vivos ojos de Leandro recorrieron de arriba abajo el cuerpo de Isabel y durante un momento se detuvieron en las largas y torneadas piernas que ella, sin querer, había sacado a relucir con el movimiento inquieto de su mano. Con innegable satisfacción, alzó la vista hacia su sonrojada y preciosa cara.

–Ahora ven y siéntate –le ordenó con voz ronca–. Hablaremos del Camino y así tú también podrás contarme tus impresiones al respecto. ¿Has cenado ya?

–No... pero cuando llegue al hotel tomaré algo.

–En ese caso, por favor, cena conmigo... Ya he pedido algo de marisco y seguro que el señor Várez, el dueño del bar, me servirá demasiada comida como para comérmela yo solo. También deberíamos tomar vino... la experiencia me dice que el vino hace que las conversaciones sean más fluidas.

Cuando Isabel todavía dudaba si tomar la silla que Leandro le había brindado, él le regaló una seductora sonrisa.

–No te asustes, bella Isabel... Puedo parecer un pirata con mi pelo largo y sin afeitar, pero te aseguro que no pretendo echarte sobre mis hombros y llevarte a mi camarote para abusar físicamente de ti... a menos, claro está, que ¡sea eso lo que quieras!

Capítulo 2

A ISABEL le temblaban las piernas cuando se sentó en la silla situada enfrente de Leandro. Se sentía inquieta e incómoda por el inesperado y subido de tono comentario. Al ver sus brillantes ojos verdes y las pecas a ambos lados de su sensual boca, recordó las palabras de su hermana: «Mide más de metro ochenta, es puro músculo, con el pelo negro y los ojos de un verde grisáceo».

En ese mismo instante comprobó que ni siquiera esa descripción le hacía justicia. Él tenía toda la razón. Sí que parecía un pirata, pero un pirata moderno, un bohemio, más que un corsario. Y a pesar de su vestimenta informal y de su pelo a la altura de los hombros, indicadores, tal vez, de esa bohemia, Leandro Reyes también tenía un aire de autoridad que indicaban que sería una equivocación dar por sentado que sus valores eran igual de originales.

Ahora que había insistido en que se quedara y que Isabel iba a mantener una conversación con él, ella deseó saber más sobre él. Apenas sabía algo de sus películas y se sintió avergonzada por ello. A Isabel le apasionaba el séptimo arte y se inclinaba por el tipo de cine que hacía Leandro, un cine que invitaba a la reflexión, pero no recordaba haber visto ninguna de sus películas. Al igual que le ocurrió a su querido abuelo, su primer gran amor fueron los libros y, aunque había sido una decepción para ellos, a su familia no le extrañó que decidiera estudiar para ser bibliotecaria, en lugar de elegir otra profesión que le diera algo más de prestigio. Y ahora, aunque aspiraba a convertirse en escritora, ellos estaban seguros de que no ganaría nada de dinero con ello.

–¡He hecho que te sonrojes! –bromeó Leandro, que claramente estaba divirtiéndose viendo su malestar por sus provocadoras palabras–. ¿Te he avergonzado, preciosa Isabel?

–No, señor Reyes –se encogió de hombros–. Bueno, sí... un poco. Creo que preferiría que nuestra conversación se centrara en el peregrinaje, si no le importa.

Isabel deseaba que él no se distrajera al contar su historia con sus tomaduras de pelo y tampoco quería que él imaginara que ella era una de esas mujeres que disfrutarían, e incluso le darían pie a sus insinuantes comentarios.

–Leandro... me llamo Leandro y, si vamos a pasar la noche juntos hablando, tengo que insistir en que me llames así y no «señor Reyes», ¿de acuerdo? –antes de que pudiera fijarse más en sus atrayentes ojos oscuros llenos de sorpresa, el señor Várez lo llamó desde la barra. Tenía una llamada de teléfono. Leandro no dudó en que sería Alfonso explicando el motivo de su tardanza. Al levantarse, sonrió a Isabel y se dio cuenta de que ya no estaba impaciente porque llegara su amigo... ya no, ahora que tenía un entretenimiento más interesante. Cuando volvió de responder la llamada, se encogió de hombros mientras se sentaba en la silla, con un movimiento fluido, pero pausado.

–El encuentro con mi amigo se ha cancelado, así que puedes charlar conmigo cuanto quieras, Isabel –se inclinó hacia delante con una expresión más seria–. Pero que conste que preferiría si lo que hablamos quedara solo entre tú y yo y no se publicara en la revista de tu hermana. Puedes usar lo que te diga para escribir tu libro, pero nada más. Necesito saber que estás de acuerdo con esto... de no ser así, lo dejaremos aquí.

–Por supuesto...y gracias por acceder a hablar conmigo.

Para su sorpresa, Leandro descubrió que la oportunidad de pasar la noche acompañando por esa joven era algo que definitivamente deseaba, a pesar de que su prudencia le instaba a que tuviera cuidado de no revelar demasiado ni sobre su trabajo ni sobre su persona. Aparte de su belleza, que sin duda era como un imán, había algo en ella que despertaba en él una profunda curiosidad. Y también había prudencia en sus ojos... Se preguntó qué o quién habría sido el causante de esa mirada. En general, parecía una encantadora mezcla de mujer y niña y esperaba no tener que llegar a arrepentirse de abrirle demasiado sus pensamientos y creencias sobre el Camino.

Pero, aparte de su innegable fascinación por su acompañante, también estaba preocupado por el hecho de que Perdita, la mujer de su amigo Alfonso, lo hubiera abandonado, razón por la que él había pospuesto la cena. Demasiados amigos suyos estaban teniendo problemas matrimoniales últimamente y, francamente, Leandro se alegraba de no tener que preocuparse por ese problema. Era feliz como estaba, libre y sin compromiso. En especial porque la única vez que se había enamorado, su novia lo había engañado con otro hombre y él había quedado herido y con la convicción de que una vez que la confianza se perdía era casi imposible recuperarla. Algún día se casaría porque, como siempre le decía su padre, un hombre tenía que tener hijos, pero en ese momento su trabajo era lo primero. Hacer cine era su gran pasión y cada día le daba gracias a Dios por bendecirlo con la gran suerte de poder haber hecho de ella su profesión. Pero... tampoco podía resistirse a los deseos de la sangre latina que corría por sus venas. Y sí, las mujeres bellas e inteligentes eran una debilidad potencial. Especialmente cuando eran tan atractivas como la dulce señorita de ojos negros sentada enfrente de él...

Isabel se dijo a sí misma que debería preocuparse más por redactar sus notas y descansar, en lugar de hablar con ese sorprendente y fascinante director de cine. Pero justificó el seguir sentada en la silla diciéndose a sí misma que su deber era escuchar a ese hombre para obtener así una gran cantidad de información sobre el peregrinaje y la región. Tendría un valor incalculable para su investigación.

—De manera que... quieres saber cosas sobre Santiago de Compostela —Leandro sonrió enigmáticamente y los músculos de Isabel se tensaron de emoción.

—Me encantaría —respondió suavemente y con sus ojos centelleantes.

A medida que pasaba el tiempo, enriquecido con un generoso vaso de vino Albariño y con el plato de

marisco más grande que jamás había visto y que incluía el exquisito pulpo, Isabel iba quedándose fascinada con la historia y la mitología del lugar que Leandro le estaba revelando. Le repitió la creencia
popular según la cual los huesos del apóstol Santiago
estaban enterrados bajo el altar de la gran catedral de
Santiago, y que era el motivo de la peregrinación.
Además, la obsequió con algunas evocadoras historias sobre la «morriña», una especie de melancolía
que podía cernirse sobre la gente y que, al parecer,
estaba provocada por las poderosas tormentas del
Atlántico. Era algo que los gallegos compartían con
los celtas de Irlanda.

Cuando habían pasado dos horas, Isabel no tenía
nada anotado, pero, afortunadamente, había relegado
en su memoria la mayoría de las impactantes historias sobre el Camino que Leandro le había contado.
Conocerlo había sido un inesperado y emocionante
añadido a su viaje y una parte de ella admitía que, tal
vez, el destino había tomado parte y la había dirigido
hacia ese hombre por alguna muy buena razón. Ella
no sería, ni mucho menos, la primera persona en experimentar milagros durante el peregrinaje. Leandro
no mencionó nada de sí mismo, de su familia ni de su
ilustre carrera y aunque ella notó que estaba guardando su intimidad activamente, a Isabel le impresionó
que no tuviera necesidad de hacer uso de su ego pregonando sus triunfos profesionales. Podría haber estado escuchándolo durante el resto de su vida... Su
voz era como una cálida y protectora manta rodeándola en una fría noche de tormenta y era tan cautivadora como su belleza y como las largas y delicadas
miradas que le dirigía y que hacían que su sangre ardiera con tanta fuerza. Ni beberse una botella de Al

bariño ella sola la habría embriagado tanto como lo estaba haciendo él en esos momentos. El modo extremadamente relajado en que le ofrecía sus relatos era también engañoso porque la pasión de su voz era innegable. Era el tipo de pasión que una mujer ansiaba y que pensaba que nunca podría encontrar. Una pasión que hablaba de provocación, de descubrimiento y, sí, también de peligro... y que, sin duda, sería tan fuertemente adictiva como el más potente de los opios.

Estar escuchando a Leandro le había hecho a Isabel pensar en cómo se había sentido con su exprometido, Patrick, y en lo poco que había tenido en común con él. Esa era la razón por la que, a pesar de que él le había fallado al contarle a un amigo aspectos íntimos de su relación, en los últimos tiempos había sabido que no tenían ningún futuro juntos. Por eso, solo dos días antes de la boda, ella había decidido no unirse a un hombre tan traidor y permanecer soltera el resto de su vida antes que arriesgarse a contraer un matrimonio que, con el tiempo, le exprimiría toda su felicidad.

Se oyó un fuerte ruido proveniente de fuera cuando una ráfaga de viento tumbó una silla de metal. El hechizo que Leandro había tejido a su alrededor con su narración se rompió con el chirriante sonido. Cuando la brisa bramó con fuerza y una violenta lluvia comenzó a acribillar las adoquinadas calles como si estuvieran lloviendo pequeñas piedras, Isabel, muy a su pesar, pensó que debería volver al hotel. Ya se había acostumbrado a las lluvias y acabar empapada no era lo que más le preocupaba.

En todo caso, se secaría al llegar al hotel. Se pasó la servilleta por los labios, la tiró al plato y alargó la mano para recoger el bolso de lona que había dejado en el suelo, junto a la silla. Y mientras lo hacía, deseaba que el tiempo se detuviera para que ella pudiera quedarse allí para siempre escuchando las fascinantes historias de Leandro.

Mientras observaba nerviosa al señor Várez, que corría de un lado para otro cerrando las contraventanas, Isabel se mordió el labio inferior; sentía un terrible vacío en su interior de pensar que, cuando saliera por esa puerta dentro de unos minutos, jamás volvería a ver a Leandro Reyes.

En un intento de ocultar su pesar, le obsequió con una breve sonrisa de agradecimiento.

—No sé cómo empezar a agradecerle el haberme brindado esta valiosa oportunidad de hablar con usted, señor Reyes...

—Leandro —insistió su acompañante con autoridad y con una penetrante mirada verde grisácea que rompió en pedazos su serenidad—. ¿No te irás a marchar ya? Aparte del hecho de que está diluviando, ¡apenas me has contado nada de ti! Y todavía no sé porque estás recorriendo el Camino... estoy seguro de tu libro no es la única razón.

Desde hacía más de una hora, él había sabido que no quería que se marchara. Se dio cuenta de que había acaparado la mayor parte de la conversación y ahora quería que fuera ella quien hablara, además de que estaba deseando prolongar el tiempo que estaban pasando juntos. Era una mujer fuera de lo común y Leandro podía sentir que su interés por ella iba en aumento. En ningún momento, ella había flirteado con él ni lo había mirado de un modo seductor, como habrían hecho la mayoría de las mujeres que hubieran tenido la oportunidad de estar a solas con él. Sobre todo, si sabían quién era él.

Para ser sincero, la ausencia de respuesta femenina hacia él, como hombre, había empezado a perturbarle. En un momento, ella había apoyado los codos sobre la mesa y, con la cara enmarcada por sus manos, lo había escuchado embelesada mientras contaba una historia sobre la aparición de un ángel a un amigo suyo que recorría el Camino. Lo había estado observando de un modo tan cautivador que Leandro casi había perdido el hilo de la historia al observar encantado los maravillosos rasgos de su precioso rostro.

El vino que había tomado sin duda había ablandado su carácter, pero él ya había decidido, incluso antes de beberse medio vaso, que esa noche no se dirigiría a su casa en Pontevedra. No, se quedaría en Vigo y volvería a casa a la mañana siguiente. Tenía planeado tomarse un par de días para leer unos guiones y ponerse al día con algo de trabajo atrasado, antes de volver a Madrid para embarcarse en su nuevo proyecto.

La mirada que Isabel le devolvió tras su comentario demostró su sorpresa por el hecho de que él quisiera saber más sobre ella.

—No me preocupa la lluvia... Ya me he acostumbrado a ella. Eres muy amable al interesarte por mi libro, pero, para ser sincera, hoy he caminado mucho —dijo excusándose—. Tenía pensado levantarme pronto mañana para continuar. Pero gracias otra vez por todo... por la cena y por las maravillosas historias que me has contado sobre el Camino.

Para sorpresa de Leandro, ella le tendió la mano.

Él la miró, la llevó hacia sus labios y, con delicadeza, besó su sedosa mano con aroma a jazmín.

–Isabel, tu compañía ha sido un gran placer... de verdad. Pero tal vez podamos solucionar el que me quede sin saber algo más de ti, ¿no crees? He decidido no irme a Pontevedra esta noche. La tormenta va a empeorar, estoy seguro, y no son las mejores condiciones para conducir. Iba a proponerte que fuéramos a algún otro sitio y continuáramos nuestra conversación. Un amigo mío tiene un hotel no muy lejos de aquí. Puedo hacer que nos recoja un coche y estaremos allí enseguida.

Según Emilia, él era uno de los directores de cine más famosos en España y ¿le estaba proponiendo ir al hotel de un amigo y pasar la noche allí? Todavía podía sentir en su mano los cálidos labios que la acababan de besar y fue incapaz de responder.

–¿Isabel?

Al no obtener respuesta, Leandro frunció el ceño. Sus perfectos pómulos y sus fascinantes ojos dejaron en Isabel una huella que no se borraría de ella en toda su vida.

–¿Sí?

–Quiero que pases la noche conmigo... ¿lo entiendes?

La cuestión era... ¿qué debería hacer? En algún lugar secreto de su interior, la decisión ya estaba tomada. Pero, por otro lado, intentaba luchar contra la acalorada resaca, le aterrorizaba dejarse llevar, no actuar con prudencia y tener que lamentarse toda su vida... No porque no deseara a Leandro, sino porque lo deseaba demasiado.

–Lo entiendo perfectamente. Pero me temo que no va a poder ser, Leandro –agachó la cabeza, se sentía avergonzada bajo su burlona mirada–. Estoy aquí únicamente para recorrer el Camino de Santiago. Esa tiene que ser mi única prioridad.

Solo por ese inesperado rechazo de su propuesta, deseó a Isabel todavía más. Y ese deseo le dictaba que no la dejara marchar, que desviara cualquier movimiento que ella intentara para mantener las distancias porque ya se había decidido a tenerla a cualquier precio. El hotel de su amigo Benito estaba solo a unos kilómetros. Eran viejos amigos y Benito entendía lo mucho que él necesitaba proteger su vida privada. Por eso, no habría peligro de que los paparazzi se enteraran de que se encontraba allí. Leandro tendría la noche entera para seducir a Isabel y disfrutar de su compañía. Ahora que tenía esa idea metida en la cabeza, la idea se convirtió en una obsesión.

–Quiero que vengas conmigo. No puedo dejar que te vayas.

Ante una declaración tan seductora y aduladora, Isabel sabía que no podía sucumbir a su petición sin más. ¿Es que quería correr el riesgo de que ese desconocido le rompiera el corazón? Porque en ese mismo momento y en su situación, esa era un posibilidad bastante factible. Nunca le había resultado tan difícil resistirse a un hombre y, sinceramente, tenía miedo. Todavía se sentía vulnerable después del error que había cometido con Patrick.

–De verdad que no puedo quedarme, Leandro. Tengo que llegar a mi hotel antes de...

–¡No acepto que no puedas quedarte!

La besó con fuerza en un momento de deseo ciego, sin importarle si podía herir sus suaves labios o arañar su delicada piel con la barba. Lo único que Leandro sabía era que la necesidad de tocarla era una compulsión a la que no podía resistirse... La necesidad de sentir su suave y femenino cuerpo en sus brazos y de respirar su aroma, que lo amenazaba con hacerle perder la cabeza, era algo que no podía ignorar. Isabel lo había estado volviendo loco de deseo toda la noche. Cuando por fin la soltó bruscamente, los ojos de Isabel se veían enormes y se le había soltado un mechón color ébano de su recogido.

Tomó la mano de Isabel y le dirigió una calculada e irresistible sonrisa.

—Es solo una noche. Isabel... Una noche. Podemos dormir juntos y conocernos el uno al otro. Mañana por la noche estarás en otro sitio, en otra cama, tal vez en uno de esos incómodos refugios, y pensarás en mí y puede que te preguntes qué habría pasado si te hubieras venido conmigo esta noche. La vida es demasiado corta como para tener que arrepentirte, ¿no te parece?

El corazón de Isabel casi dejó de latir por el modo en que sus seductores ojos grises la miraron. Sus pies prácticamente seguían sin tocar el suelo desde que la había besado con esa devastadora pasión que había causado estragos en su interior. Ningún hombre la había besado con tanto deseo incontrolado... Y entonces Isabel supo que no quería que Leandro Reyes fuera la causa de su arrepentimiento. Quería que al pasar los años pudiera mirar atrás y pensar en lo afortunada que había sido porque el destino había querido que sus caminos se cruzaran. Tal vez nunca pudiera vivir una pasión tan ardiente con nadie después de aquello y la irresistible conexión que tenía con Leandro tendría que ser su sustento por el resto de su vida, si se daba el caso...

Mientras se colgaba el bolso del hombro, respondió ante el seductor comentario con una mezcla de excitación e inquietud dentro de su pecho. Le temblaban las piernas cuando dijo:

—Tienes razón, la vida es demasiado corta. Pero quiero que sepas que si me voy contigo, ese no es el tipo de cosas que acostumbro a hacer.

—Por supuesto. Deja que llame a mi amigo y que pida un coche para que nos recoja: luego pagaré al señor Várez y nos marcharemos.

Leandro la había dejado sola para que se acomodara en la habitación. Él estaba abajo hablando con su amigo Benito, que había recibido a Isabel afectuosamente, pero manteniendo una respetuosa distancia. Había sentido un escalofrío al ver adónde la había llevado Leandro. El hotel parecía una impresionante fortaleza, perteneciente a algún rey conquistador. Se encontraba en una opulenta habitación y pensó que con esos vaqueros y esa camisa empapados no tenía nada que ver con el tipo de huéspedes adinerados que debían de estar allí.

Pero para no sentir esa repentina preocupación por su apariencia, se recordó a sí misma que Leandro iba vestido de un modo muy similar a ella y que, a pesar de ello, parecía sentirse como en casa; no estaba preocupado lo más mínimo por no estar vestido del modo que ese lugar requería. Isabel exhaló. En ese momento tendría que estar muerta de cansancio por todo lo que había caminado durante el día, pero en lugar de eso, parecía cargada de una palpitante energía que no daba señales de disiparse. Había subido temblando las escaleras que llevaban a su habitación. La idea de dormir con Leandro estaba dominando todos sus sentidos y parte de ella quería salir corriendo porque la realidad de ese hecho resultaba demasiado abrumadora como para poder soportarla.

Él le había prometido que se reuniría con ella «enseguida», después de charlar un rato con su amigo, y durante todo ese rato a Isabel no había parado de darle vueltas el estómago. Ahora, al observar la espaciosa y sobrecogedora habitación con sus paredes ocres, ventanas de piedra en arco y su majestuosa cama con su lujosa colcha de satén dorado, se esforzó desesperadamente por calmarse.

Estaba luchando una batalla ya perdida. Isabel acababa de acceder a pasar la noche con un carismático y guapo director de cine español y la situación era lo suficientemente increíble como para no enfrentarse a ella con nada menos que una extrema inquietud. Desde que había roto con Patrick hacía tres meses, no había salido con nadie ¡y no hablemos de pasar la noche! ¡Maldición! ¡Tenía todo el derecho a estar nerviosa! De ningún modo habría pensado que algo así le fuera a ocurrir.

Después de cancelar su boda, se había prometido a sí misma que desde ese momento se concentraría en alcanzar su sueño de ser escritora, y no en buscar la pasión que nunca había sentido. Eso llegaría más tarde... si es que tenía esa suerte. Y si no, entonces habría otras pasiones igualmente fascinantes. Siempre había querido vivir una vida extraordinaria, y aventurarse en contra de la opinión de su familia a escribir un libro y marcharse al norte de España para investigar y recorrer el Camino de Santiago era solo el principio. Pero en ese momento, y a la espera de que Leandro llamara a la puerta en cualquier momento, ¡su vida estaba pasando de extraordinaria a simplemente increíble!

Tiró el bolso sobre la lujosa cama y corrió al cuarto de baño a arreglarse. Una mezcla de divinos aromas la invadieron al entrar y vio que allí había lo suficiente como para complacer al más exigente de los huéspedes. Fue hacia el gran lavabo de porcelana con grifos de oro, se refrescó la cara y la secó con una toalla de color blanco inmaculado. Se soltó el pelo, todavía húmedo de la lluvia, y se lo colocó sobre los hombros mientras observaba su reflejo en un ornamentado espejo ovalado. Se fijó en los dos círculos colorados que brillaban en sus mejillas. ¡Odiaba sonrojarse con tanta facilidad! ¡Probablemente una virginal y tímida colegiala estaría más serena que Isabel en ese mismo instante!

Solo Dios sabía lo que Emilia pensaría de todo aquello... Pero Isabel sabía que no le revelaría a su hermana su encuentro con Leandro Reyes. Ella no era una persona de misterios, pero en esa ocasión no le contaría a nadie lo sucedido. Y eso implicaba que Emilia tendría que quedarse sin su información sobre el director de cine español, porque estaba claro que ella no se la iba a proporcionar.

Su conciencia se lo permitía porque recordaba que Leandro le había hecho prometer que no le contaría a su hermana ningún detalle de su encuentro, que lo único de lo que habían hablado era del Camino y no de él. Tenía claro que eso carecería de interés para alguien como Emilia, solo interesada en encontrar jugosos chismes sobre la vida personal de algún famoso. De hecho, cuando Isabel le dijo a su hermana que se iba a España a recopilar información para un libro sobre el Camino de Santiago,

Emilia la sorprendió al decirle que nunca había oído
hablar de ese lugar.

La repentina llamada a la puerta hizo que se sintiera al borde del desmayo. Antes de correr a abrir,
Isabel se recogió el pelo y se miró una vez más al
espejo. Ni siquiera había podido retocarse el maqui-
llaje. Bueno... él tendría que aceptarla tal cual. La
atractiva sonrisa de Leandro era como el agua caliente de un baño perfumado derramándose sobre
unas extremidades cansadas después de un largo día
de trabajo... un placer, hasta ahora, virtualmente in-
comparable. Ese placer se aumentó cuando sus ojos
se encontraron. Era como si con su mirada le hubiera clavado una flecha con punta de miel en su pecho
y esa miel se estuviera filtrando lenta e inevitablemente en su sangre. Ella tenía la extraña sensación
de haberle revelado todo a ese inquietante hombre.
Un calor abrasador latió dentro de ella.
    –Hola –agarró los bordes de su camiseta con las
dos manos, como si necesitara aferrarse a algo que
la ayudara a sostenerse ante esa situación cada vez
más surrealista.
    –Mi amigo Benito me dice que parezco un gita-
no que te has encontrado en el Camino. Él cree que
he hechizado a la agradable chica inglesa. ¿Tú qué
opinas, Isabel?
    –¿Que qué opino? –le latió con fuerza el corazón
al ver su contemplativa sonrisa mientras sus ojos se
posaron primero en su pecho y luego, en su sofoca-
do rostro–. Creo que tu amigo tiene mucha imaginación... eso es lo que creo –gitano, pirata, narrador...
Leandro Reyes era todo eso y mucho más.

—¿Y qué tal tu imaginación, Isabel?

Leandro vio cómo incluso antes de terminar de hablar el color rojo ya se había filtrado en el rostro de Isabel. Para ella era casi imposible esconder sus sentimientos y en ese mismo momento él era completamente feliz por saber que los sentimientos de Isabel coincidían bastante con los suyos, en lo que respectaba a su todavía en ciernes relación. Quería llevarla a la cama en ese mismo instante... no podía esperar. Todo el tiempo que había estado hablando con Benito, en lo único en lo que había podido pensar era en la dulce señorita que estaba esperándolo arriba. Si ella lo hubiera rechazado, se habría sentido terriblemente decepcionado y frustrado. Pero ahora un intenso ardor de deseo estaba empezando a apoderarse de él.

—¿Entonces? Entraré para que podamos discutirlo más a fondo.

Isabel se echó a un lado para dejarle paso. Después, cerró la puerta y lo vio dirigirse hacia la cama y sentarse.

Capítulo 3

BUENO... ¿te gusta este sitio? Benito está muy orgulloso de su hotel. –

–Es maravilloso. No me esperaba algo así –admitió Isabel nerviosa mientras miraba a su alrededor.

–Me dijo que te dijera que lo realzabas con tu propia belleza –Leandro la dejó sin aliento al lanzarle una pícara sonrisa–. Pero ahora tienes que contarme por qué estás recorriendo el Camino de Santiago –se echó hacia atrás apoyándose en sus codos y la miró... estaba muy relajado y despreocupado. Pero Isabel se sentía nerviosa y temerosa, como si estuviera a punto de tocar el fuego. De algún modo, notó que él intuía sus sentimientos y tuvo que admitir que eso era lo que más le desconcertaba. Sintió un escalofrío. Fuera, a modo de eco de la agitación que había dentro de ella, la lluvia azotaba las ventanas como amenazando entrar. En su fuero interno, Isabel pedía consejo. ¡Nunca antes lo había necesitado tanto!

–Como te dije... estoy escribiendo un libro sobre los motivos por los que la gente decide recorrer el Camino. Mi abuelo era un católico devoto y hablaba tanto de ello que...

–La mayoría de los peregrinos no hacen el Camino por motivos religiosos, como imagino que ya habrás descubierto, Isabel –la devastadora sonrisa de Leandro contenía la justa medida de burla y, en ese momento, ella supo que él intuía de ella demasiado como para poder sentirse cómoda. Esos ojos podían ser implacables a la hora de discernir la verdad. Para él, sus pensamientos serían completamente transparentes.

–Yo, en mi caso, necesitaba algo de inspiración... y también necesitaba enfrentarme a un nuevo desafío.

Finalmente, y tras decidir expresarse a sí misma sin mantenerse tan alerta, Isabel se soltó la coleta y se dirigió a la ventana evitando acercarse a la cama cubierta de satén dorado sobre la que Leandro había tendido su masculino e impresionante cuerpo.

–Lo que quiero decir es que amo mi trabajo en la biblioteca, pero que, por alguna razón, empecé a sentirme un poco descontenta y a perder la ilusión. Supongo que me había quedado estancada en la rutina. De hecho, esa monotonía en ocasiones ¡me daba ganas de gritar! Hay quien prefiere la rutina, pero yo no. La vida no debería ser algo predecible. Tendría que haber un poco de aventura, ¿no te parece?

De todos modos... no estaba totalmente segura de lo que quería hacer para mejorar las cosas, pero lo que sí sabía era que quería escribir un libro. La idea llevaba ahí mucho tiempo, pero, sinceramente, estuve convenciéndome a mí misma de no hacerlo. Pensaba... pensaba que la gente creería que estaba siendo demasiado ambiciosa... ¿me entiendes? Que intentaba pasarme de lista –con «gente» se estaba refiriendo a Patrick y a su familia–. Rompí con mi prometido y cancelé nuestra boda. No fui cruel... De

todos modos, jamás habría funcionado y pensé que
si no lo hacía, ahora me refiero a recorrer el Camino
y a escribir mi libro, ya nunca volvería a tener ni el
valor ni la oportunidad requeridos. Así que aquí estoy. Creo que estoy recorriendo el Camino para encontrar algo de valor y de inspiración que me ayuden a vivir una vida distinta... y que me ayuden a
descubrir quién soy de verdad y de lo que soy capaz... ¿Me comprendes?

Al oír su cohibida voz, Leandro aplaudió su sinceridad en silencio. Daba gusto escuchar una respuesta
tan franca, considerando la hipocresía que había conocido en las otras mujeres con las que había estado.
Debió de haber estado muy segura de la necesidad
que tenía de un cambio como para cancelar su boda.
Teniendo en cuenta las cualidades que esa mujer po-
seía, además de su arrebatadora belleza, Leandro pensó que su exprometido debió de haber sufrido bastante al perderla. Isabel Deluce era una mujer fascinante
e indiscutiblemente sexy, ante la que ningún hombre
podría resistirse. Se levantó de la cama y se dirigió
hacia la ventana para reunirse con ella.

—Isabel...

Mientras observaba su sedoso cabello negro,
apartó unos mechones con sus dedos y con delicadeza le sopló en la nuca. Notó su delicado y exquisito
escalofrío y se alegró de haberla llevado al lujoso
hotel de Benito en medio de la noche, hasta donde
era casi imposible que algún paparazzi los hubiera
seguido. Y si lo habían hecho... Benito sabía exactamente qué hacer para librarse de ellos. En ese momento, lo único que Leandro quería hacer era dedi-
carse a Isabel durante el resto de la noche y sin
interrupción.

–Cada paso que das en el Camino te está dirigiendo hacia ti misma... hacia tu verdadero yo –le
dijo a Isabel–. Te lo aseguro. Cuando llegues a la
catedral de Santiago al final del Camino y atravieses
la famosa Puerta de la Gloria como millones de peregrinos ya han hecho antes que tú, tanto tu mente
como tu corazón se habrán aclarado.

Instintivamente Isabel supo que Leandro tenía
razón y sus palabras le levantaron el ánimo. Después de días y kilómetros caminados, a veces en silencio, a veces en compañía de otros peregrinos,
Isabel ya sabía que se estaba produciendo un profundo cambio dentro de ella. Como Leandro había
dicho, la mayoría de la gente no recorría el Camino
por motivos religiosos. El enfrentarse al reto de caminar ochocientos kilómetros a través de viñedos y
de los antiguos reinos del norte de España bajo sol,
viento y lluvia, sin duda le daba a una persona tiempo de sobra para reflexionar.

Ni siquiera había terminado su recorrido, pero
Isabel ya sabía que el Camino tendría un impacto en
su vida para siempre. Al menos, ya había descubierto que Isabel Deluce era mucho más que una buena
hija y una buena bibliotecaria. Había dejado a un
novio que a sus espaldas se burlaba del verdadero
significado del amor y también había hecho caso
omiso del consejo de su familia, que solo veía problemas en todo lo que ella quería y había decidido
hacer. Isabel había renunciado a esas cosas y ahora
se encontraba en una parte de España tan alejada del
frenético turismo de las costas que parecía estar en
un país completamente distinto. Una parte de España que sufría cambios de tiempo extremos; primero
llovía a cántaros y, a continuación, el sol convertía

la zona en un auténtico horno. Todo ello no podía más que despertar una sensación de maravilla y misterio en cualquier persona que se rindiera a su magia.

Por si eso no era suficiente, ahora se encontraba rindiéndose a otro tipo de magia con Leandro...

Su aliento en la nuca era comparable a un dulce calor que despertaba los sentidos de Isabel como una sensual brisa de verano. Leandro Reyes estado dotado con la clase de ardiente atractivo sexual que despertaría el deseo en cualquier mujer que se topara con su mirada.

—Hueles a flores.

—¿Sí?

Se giró para mirarlo a sus fascinantes ojos grisáceos y sintió cómo su mirada la bañaba bajo la sensual luz de la luna. Sus pestañas eran asombrosamente espesas, tratándose de un hombre tan masculino, y con nerviosismo Isabel asimiló la ardiente bruma de deseo que se estaba dirigiendo hacia ella de un modo tan brutal.

—Me he pasado días caminando en plena naturaleza —le dedicó una irónica sonrisa—. A lo mejor se me ha pegado algo.

Su sonrisa se desvaneció lentamente ante la ausencia de una respuesta por parte de él. Su cuerpo tembló por la necesidad de una caricia. Isabel ya había probado su beso y lo ansiaba. En ese momento era difícil imaginar algo que la excitara y que la complaciera más. Se estaba acostumbrando a lo milagroso de su viaje; el cielo estaba respondiendo a sus súplicas. Apenas había recobrado el aliento cuando Leandro comenzó a acariciar sus brazos.

—Eres un misterio de la naturaleza, Isabel. Eres

como una preciosa flor... como el placer de la primavera después de un largo y duro invierno. Y enciendes en mí un calor tan intenso...

–¿Sí? –su voz se convirtió en un susurro.

–Sí... Quiero tenerte, Isabel... mucho... y ya he esperado demasiado.

Se acercó y le acaricio los labios con los suyos. Sabían a vino Albariño y a café negro y ella no podía concebir una combinación de sabores más excitante que esa. La caricia de su lengua era algo que ella quería sentir una y otra vez... En lo que respectaba a Leandro, nunca tendría la sensación de tener «demasiado».

Incapaz de inhibir su propio deseo, Isabel gimió mientras lo besaba cuando él la acercó más hacia ella y deslizó la mano por su espalda hasta llegar a su trasero. Mientras le apretaba y acariciaba las nalgas, Leandro alineó provocativamente sus caderas con las de ella y comenzó a acercarlas y a apartarlas una y otra vez con tanta precisión que Isabel sintió que iba a enloquecer si él continuaba con ese jueguecito sexy durante mucho rato. Lo deseaba dentro de ella... su cuerpo se lo pedía. Sus mejillas ardían de pensarlo y sus caderas estaban empezando a prepararse para que él le hiciera el amor. Sus pechos se habían endurecido y se sentía temblona y debilitada, una reacción intensa que no tenía nada que ver con lo que había experimentado con ningún otro hombre.

La sonrisa de Leandro resultó diabólica cuando sus labios entraron en contacto con los de Isabel, que colocó sus manos a ambos lados de su delgada y tersa cintura para no perder el equilibrio. No lograba articular palabra, pero respondió a la sonrisa de complicidad de Leandro con una firme mirada.

–Quiero hacerte el amor toda la noche... ¿lo sabes? Y creo que ni siquiera eso satisfará mis deseos de poseerte –le pasó los dedos por su cabello y la miró con intensidad.

Abrumada por esa mirada, sintió su corazón latir con un ritmo hipnótico.

–Debería estar descansando –le dijo apenas sin respiración y aterrorizada por el fuego que habían prendido entre los dos–. Mañana... tengo... tengo que recorrer un largo camino.

–Haremos el amor... y luego descansarás.

Le tomó la mano con ademán posesivo y la dirigió hacia la cama. Él se echó y la recostó sobre su regazo. Mientras estudiaba su cara ella le lanzó una súplica con la mirada, y el profundo río de deseo que estaba incitándolo a estar con esa mujer fluyó en sus venas con mucha más fuerza. ¿Alguna vez había visto un deseo más palpable en los ojos de una mujer?

Mientras besaba la barbilla de Isabel, sus labios se elevaron en una sonrisa llena de satisfacción. Recorrió su sexy boca con la mirada y vio que sus labios todavía conservaban la humedad de los suyos. Si ella fuera una actriz y él la estuviera dirigiendo en una escena de amor, estaría pidiendo un primer plano de sus rasgos en ese mismo momento y su hermoso rostro quedaría en la retina de todos incluso después de terminada la película.

Arrastrado por un embriagador deseo, comenzó a desabrochar los botones de la camisa de Isabel mientras un hilo de sudor serpenteaba lentamente por su

espalda. El calor de la habitación resultaba sofocante, pero él sabía que en unas horas esa situación cambiaría. A principio de mayo, las mañanas podían ser
frías como el hielo, pero al mediodía el sol podía ser
abrasador y cubrir, sin piedad, el paisaje. Sin embar-
go, más insoportable para Leandro resultada la fiebre
provocada por el deseo físico que se había apoderado de su cuerpo. En su mente solo estaban ella y las
eróticas fantasías de lo que harían juntos. Pero no
podía abrumarla... no a esa encantadora chica inglesa
que estaba recorriendo el Camino de Santiago para
«encontrarse a sí misma». Él no tenía la intención de
ser la nota discordante en su sinfonía de autodescu-
brimiento. Pero Leandro no desaprovecharía la oportunidad de descubrirla del modo más íntimo. La deseaba demasiado por todo eso y estaba decidido a
tomar lo que quería sin remordimientos.

Isabel dio un grito ahogado cuando las broncea-
das manos de Leandro prácticamente desgarraron su
blusa y se la echaron por debajo de los hombros dejando al descubierto sus pechos, que asomaron sobre su sujetador. Cuando le lanzó una ávida mirada
a los bellos y masculinos rasgos y a la piel cobriza
que estaba tan cerca de ella, inmediatamente se estremeció de deseo. Nada podía describir adecuada-
mente el impresionante encanto de ese hombre. Su
mirada se fijó lascivamente sobre sus pechos y ella
deseó que su cálida y dulce boca los acariciara.
Entonces él la besó, y mientras lo hacía extendió
la palma de su mano detrás de su cuello para aferrarse mejor a ella; a Isabel solo le llevó un segundo
pagarle con el beso caliente y voraz que sus labios

le estaban reclamando. La explosión que se produjo entre los dos fue como una fusión nuclear. Con una sonrisa traviesa, Leandro prácticamente se arrancó los botones de la camisa dejando al descubierto un torso tan bellamente definido con duros músculos, que Isabel contuvo el aliento para luego soltarlo lentamente, abrumada. Después de eso, ella no podría haber dicho quién desnudó a quién, todo lo que sabía era que desprenderse de sus ropas fue para ellos una inevitable necesidad que los arrastró como una corriente y así, mientras las manos se entrelazaban y las bocas se encontraban, Isabel comparó el furor de la sensación que corría por sus venas con un fuego que se extendía por un bosque seco... un fuego que no podía frenarse ni con un lago de agua.

Acompañado de susurros, Leandro acariciaba sus caderas, sus pechos, sus muslos, sus deliciosamente eróticas manos, y al hacerlo aumentaba la tensión entre ellos con cada caricia provocando que el creciente deseo de Isabel rompiera todas sus barreras y se rindiera ante él. Su nerviosismo se desvaneció como un copo de nieve bajo el sol a medida que se liberaba de su natural inhibición y descubría una espontánea cara lujuriosa en su interior. Algo que, sinceramente, fue toda una revelación para ella. Y entonces ya no tuvo que desear más las atenciones de Leandro sobre sus pechos; ya no, cuando en su lugar, él estaba adentrando sus pezones en la húmeda caverna de su boca y la estaba haciendo enloquecer por el deseo de tenerlo dentro de ella.

Al pensar repentinamente en la promesa que le había hecho a su hermana por teléfono, Isabel supo que ya había abandonado la idea inicial. Si Emilia alguna vez llegaba a imaginarse que su hermana mayor, esa que tenía tantos principios, se había acostado con un hombre al que acababa de conocer y que ese hombre resultaba ser el mismo que le había encargado a Isabel que buscara y entrevistara para su revista... entonces ¡Isabel nunca dejaría de oír sus reproches! Pero una vez que se reincorporara al Camino al día siguiente, nadie podría contactar con ella, gracias a Dios.

—Isabel, eres tan hermosa… —le dijo en español. Ella reconoció esta última palabra y sintió un escalofrío de placer.

El aroma de una mujer era lo que más podía excitar a Leandro, pero estaba convencido de que el aroma de Isabel tenía el innegable poder de volver loco de deseo a cualquier hombre. Lo supo al sentir que la deseaba como no había deseado a ninguna mujer antes. Su cuerpo pedía a gritos esa final e inevitable conexión con el de ella. Pero se recordó que tenía que actuar con cautela. Isabel era una mujer cautivadora, pero al fin y al cabo lo único que Leandro quería era disfrutar de su hermoso cuerpo durante un rato... ¡no casarse con ella! Cuando sus dedos se deslizaron por el ardiente calor de su feminidad y se adentraron en su provocativa humedad, oyó su excitado aliento y, por un instante, se dejó llevar por el impactante erotismo del momento. Ante sus suaves gemidos, él sonrió, la besó delicadamente en la boca y a continuación se incorporó y se estiró para recoger sus pantalones. Sacó su cartera del bolsillo trasero y tomó uno de los dos preservativos que llevaba en el compartimento de la cremallera. Tras enfundarlo, volvió a Isabel y con la rodilla le separó las temblorosas piernas, sintiendo a continuación cómo su cuerpo quedaba rodeado por sus torneados y sedosos muslos. Entonces, despacio y casi con un agonizante placer, Leandro se abrió paso en ella. Era puro fuego y satén; esa exquisita mujer y sus expresivos ojos oscuros se centraron sensualmente en él cuando Leandro comenzó a moverse dentro de ella.

Sus ojos se iban cerrando a medida que la tensión sensual dentro de ella iba en aumento. Se volvieron a abrir ante la voz de Leandro al decirle:

–¡Mírame, Isabel! ¡No escondas tu placer! ¡Quiero presenciarlo todo!

A medida que la tensión llegaba a un nivel exquisito y una sensual oleada fluía dentro de ella con fuerza, el corazón de Isabel se aceleró. En ese momento entendió un profundo sentido del destino. Por la razón que fuera... el destino había querido que conociera a Leandro Reyes... incluso aunque solo fuera por una noche. Un gemido proveniente de lo más hondo de su ser se escapó de la boca de Leandro; el sorprendente sonido resonó con fuerza en la habitación y, por un momento, eclipsó el ruido de la lluvia a la vez que su cuerpo vibraba de placer. Isabel quedó cautivada por ese desinhibido grito de placer y, durante largos segundos, se permitió regodearse en su poder de mujer. La idea era una nueva y excitante revelación que añadir a su lista de nuevos descubrimientos.

Al rodear los bíceps de Leandro con las manos, sintió su corazón golpeando fuerte dentro de su pecho. A continuación, movió sus dedos entre su espeso vello y quedó embelesada por la sensación del cuerpo musculoso cubriendo el suyo y hundiéndolo contra el colchón.

—Has confirmado totalmente mis sospechas, Isabel. Ahora que mi cuerpo ha sentido el profundo... placer de unirse con el tuyo, descansar es lo último que se me pasa por la cabeza.

Leandro acompañó ese comentario con la sonrisa más desafiante que Isabel había recibido en su vida. Y por si eso no había sido suficiente, la mirada proveniente de sus transparentes ojos grises hizo que le diera un vuelco el corazón.

—Así que haremos el amor, escucharemos la lluvia caer y volveremos a hacer el amor hasta que quedemos exhaustos, mi preciosa Isabel.

Su deliberado uso de la palabra «mi» resonó por todo su ser y así Isabel sintió un renovado deseo que aumentó todavía más cuando Leandro agachó su cabeza y con los labios buscó uno de sus pechos. Lentamente liberó un suave gemido y el ardor entre sus piernas le resultó casi doloroso.

La llegada de la mañana se coló en su consciencia demasiado pronto. Cuando el cielo comenzaba a iluminarse por el este y el alba teñía de rosa el oscuro manto de la noche, Isabel se despertó, dejó escapar un suave suspiro y observó los cautivadores rasgos de Leandro, que dormía a su lado. Aunque ya se habían rendido al cansancio, en las anteriores horas apenas le habían prestado atención al sueño. Con su rostro cubriéndose de calor y con una inevitable sonrisa, Isabel recordó de qué modo tan apasionado su amante español y ella habían ocupado el tiempo durante unas preciadas horas de esa noche. Esa mañana volvía a ser una mujer distinta de la que había estado emergiendo del peregrinaje. Entonces ya había comenzado a sentirse más valiente y más fuerte, pero después de lo de la pasada noche... además se sentía osada. Y su cuerpo estaba rebosante de una renovada vitalidad.

Isabel seguía sonriendo. Justo en ese momento, Leandro se estiró y abrió los ojos. Mirarlo fue como mirar una piscina cubierta por el reflejo de una luz plateada...

—Buenos días —dijo Leandro en español.

Antes de que pudiera siquiera responder, él deslizó los dedos por debajo de su barbilla y le atrapó la boca con un casi voraz beso.

—Buenos días —respondió ella, con sus oscuros ojos llenos de sorpresa y de placer.

Cuando Leandro observó la cara de Isabel, su cautivadora belleza que se resistía al cansancio, su largo cabello sobre sus suaves y desnudos hombros y su tentadora sonrisa, se le encogió el estómago de pensar en tener que decirle adiós. Esa mujer le había dado un placer tan apabullante e inolvidable, tanto con su cuerpo como con su compañía, que no estaba dispuesto a renunciar a ello. Inmediatamente, deseó poder pasar el resto del día en la cama con ella. Pero, inevitablemente, tenían que separarse; él volvería a su casa para leer algunos guiones antes de volver a Madrid y embarcarse en su nuevo proyecto cinematográfico, y ella continuaría con su peregrinaje para luego regresar a su país...

—Ojala pudiera despertar así todas las mañanas, mi bella Isabel.

Ahí estaba otra vez... ese posesivo «mi» empleado de un modo tan seductor que no podía ofenderla... todo lo contrario. Isabel estaba recostada sobre su pecho y podía respirar el adictivo aroma de Leandro, que le sonreía de manera insinuante.

Le esperaban unos treinta y dos kilómetros por recorrer y el recuerdo de esa pícara y divina sonrisa sería su sustento ese día hasta que llegara al monasterio donde había planeado pasar la noche... Pero al pensar que tenía que separarse de Leandro, Isabel sintió una palpitación en su pecho y en la boca del estómago.

–Apenas has dormido nada y te he despertado –dijo ella a modo de disculpa.

–Y yo he sido el hombre desconsiderado que te ha tenido despierta casi toda la noche porque no podía apartar mis manos de ti. ¡Deberías tener menos de esas maravillosas cualidades que me seducen y me tientan! –dijo y se rio.

Isabel quería decirle que lo echaría de menos, pero entonces recordó que Leandro Reyes era un director muy famoso y reconocido y que, en cuanto regresara a su ocupada vida, el recuerdo de ella quedaría relegado a su pasado. Ella sabía que no era especial para él. Simplemente, sería una más. Él trabajaba en la industria del cine, seguro que se le presentarían incontables oportunidades de compartir su cama con las mujeres más espectaculares y atrayentes y, seguro que no las desaprovecharía. Algo en su interior se removió a modo de protesta ante esa idea que la había invadido.

–He de levantarme y vestirme.

Sería mejor que empezara a olvidarse de él en ese mismo instante, si es que podía, y se centrara en el peregrinaje.

–Tengo que volver a mi hotel, desayunar y llenar la cantimplora antes de ponerme en camino otra vez.

–El chófer de Benito nos llevará a los dos cuando estemos listos, pero podemos desayunar aquí primero.

–Preferiría que no, si no te importa. Hoy tengo que recuperar algo de tiempo –se apartó de él y se sentó cubriendo su desnudez con parte de la sábana.

Una vez más, Leandro tenía motivos para reprenderse a sí mismo por su inusitada reacción. Isabel y él lo habían pasado muy bien en la cama... increíblemente bien, de hecho... pero al final del día ella sería solo una bonita chica que estaba de paso y, en unos días, cuando hubiera terminado su peregrinaje, volvería a Inglaterra. Fin de la historia. Siempre que ella no contara nada de lo ocurrido entre ellos a su hermana o a alguien relacionado con los medios de comunicación, Leandro guardaría su noche juntos como un placentero y cálido recuerdo.

–¿Entonces? –él también se sentó; la cálida piel de su muslo rozaba el de Isabel, que sintió un escalofrío–. ¿En qué parte de Inglaterra vives?

–Vivo en Islington, en Londres... es la parte menos distinguida. ¿La conoces?

–He oído hablar de ella –Leandro sonrió–. ¿Y trabajas por allí?

–En Highgate. No estás lejos.

–Y cuando vuelvas estarás ocupada trabajando en tu libro, ¿no?

Isabel se encogió y al hacerlo la sábana se desplazó y dejó al descubierto sus desnudos pechos. Rápidamente la agarró y se cubrió.

–Ese es el plan. Y tú... estarás trabajando en una película, imagino.

Inmediatamente en los ojos de Leandro se reflejó una ligera susceptibilidad e Isabel habría querido golpearse por ello. Odiaría que él pensara que tal vez le revelaría a todo el mundo cualquier cosa que él le contara... sobre todo las cosas que hacían referencia a su trabajo y a su vida privada. Considerando que ambos eran temas sobre los que él había evitado hablar durante el tiempo que habían pasado juntos, ¿sabría realmente él que no tenía motivos para desconfiar de ella?

—Sí, habré vuelto al trabajo. ¿Isabel?

—¿Sí?

—Te daría mi número de teléfono, pero no es algo que suelo hacer. En mi situación, tengo que tener cuidado... ¿lo entiendes? —sus palabras confirmaron que ella no era importante para él. Dolida y decepcionada, agachó la cabeza.

—Sí, lo entiendo.

—¿Por qué no te duchas tú primero? —le propuso con tono suave y fue en ese momento cuando Isabel notó que él ya estaba empezando a alejarse de ella—. Antes de irnos, tengo que hacer un par de llamadas.

—De acuerdo —se sintió rechazada y de algún modo utilizada y, con gran pesar en su corazón, se giró para salir de la cama...

Capítulo 4

Dieciocho meses después... Londres, Inglaterra.

—Siento haber llegado un poco tarde, Natasha, pero Chris y yo fuimos a tomar un café después de la película. ¿Rafael está dormido?

—¡No creo que se despertara ni con un terremoto! Y no habéis tardado en absoluto... Os dije que no tuvierais prisa. Podríais haber ido a cenar o a tomar algo más que un café. ¿Qué tal ha estado?

La diminuta chica rubia se apartó para dejar pasar a Isabel y a su amiga, que comenzó a desabrocharse el abrigo y a desenroscarse la bufanda y los colgó en el perchero de madera de pino de la entrada.

—¿Qué tal ha estado qué? —preguntó distraída mientras se frotaba sus heladas manos en un intento de calentarlas. El clima de noviembre era glacial esa noche, con un viento tan letal como una cuchilla afilada. Los inviernos anteriores habían sido extrañamente suaves, pero ese parecía estar azotando con venganza.

Con sorna, Natasha arqueó sus claras y perfectamente delineadas cejas y apoyó las manos sobre las caderas.

–¡La película! ¿A qué crees que me refería?

Isabel no quería hablar de la película. Quería guardar ese recuerdo para más tarde, para cuando estuviera sola; actuaba como si tuviera un regalo que no quisiera compartir con nadie más. La historia la había calado hondo. Era sobre la relación de una madre con su hijo... un hijo que, al hacerse mayor, había renegado de su país tras quedar seducido por el aparente «glamour» de la cultura occidental. Tan seducido que incluso le había dado la espalda a la mujer que lo había criado. El director era un tal Leandro Reyes. Aunque Isabel no hubiera tenido nunca la fortuna de conocer a ese hombre, se habría hecho fan suya al instante después de haber visto esa película. Estaba hecha con exquisita sensibilidad y dirigida de manera sublime. Después de salir del cine con su amiga Chris, Isabel había permanecido en silencio, sobrecogida por lo que había visto.

–¡La película es maravillosa! Deberías verla. Te la recomiendo.

Las dos mujeres se dirigieron a la cocina; Isabel necesitaba una taza de manzanilla para calmar las emociones despertadas por la película de Leandro, y Natasha estaba deseosa de escuchar los cotilleos que Isabel y Chris habían compartido en su ausencia.

–Ya me conoces. No me gusta ese cine intelectual de las salas de arte y ensayo. ¡Prefiero una comedia romántica que no tenga complicaciones!

–Pero esa película no pretendía ser intelectual en absoluto.

Ya en la cocina, Isabel llenó la tetera eléctrica de agua y la enchufó. Abrió un armario, sacó una bolsita de manzanilla y la echó en su taza favorita.

–¿Té o café? –le preguntó a su amiga.

–Nada, gracias. Me he tomado un café justo antes de que llegarais y además, ya debería irme a casa. Tengo que levantarme pronto para abrir la guardería a las ocho.

–Muy bien... pero como te estaba diciendo... la película estaba hecha verdaderamente con el corazón.

Tras arrepentirse por haber expresado su opinión de un modo demasiado apasionado, Isabel intentó eludir su miedo a no revelar sus sentimientos. Esconder sus emociones más profundas era algo que había tenido que aprender para no tener problemas con su familia. Y aunque, de vez en cuando se rebelaba, como había hecho al cancelar su boda con Chris y decepcionar a todo el mundo, de algún modo ese rasgo de su personalidad también se hacía patente en su relación con otras personas. Por esa razón, en la mayoría de las ocasiones no estaba dispuesta a compartir con nadie todo lo que había reflexionado y aprendido al recorrer el Camino de Santiago.

Por lo general, a la gente no le gustaba sacar temas que les hiciera cuestionarse el propósito de sus vidas. Como había podido comprobar, la mayoría fingía que todo les iba bien, cuando en realidad, no era así.

–Bueno –Natasha sonrió–, ¿qué tal va Chris con su nuevo novio? ¿Crees que le durará más de dos o tres citas?

Chris le había confesado a Isabel que ese nuevo hombre le gustaba de verdad y que sí tenía esperanzas de que la relación durara más de dos citas. Su amiga ansiaba casarse y formar una familia y, a sus treinta y un años, había comenzado a temer que no pudiera hacerlo. Esa misma noche le había dicho a Isabel que la envidiaba por ser madre...

Solo con pensar en su bebé, una burbuja de felicidad estallaba dentro de ella. No podía negar que lo que más deseaba era pasar tiempo con su precioso niño. Se había convertido en el centro de su mundo. Recorrer el Camino de Santiago aquella primavera le había cambiado la vida mucho más de lo imaginado. Ahora tenía con ella a Rafael... el inesperado «regalo» que había recibido tras su increíble noche de pasión con Leandro Reyes.

El descubrimiento de su embarazo había sido un tremendo impacto.

Habían tomado muchas precauciones. Pero recordaba haber estado medio dormida en mitad de la noche y oyendo a Leandro decir, como en sueños: «Isabel... mi Isabel...» antes de estrecharla en sus brazos. Por eso, Rafael debió de haber sido concebido en esos irreales momentos en los que habían creído que estaban soñando. Isabel se forzó por salir de ese recuerdo y volver al presente donde Natasha la estaba mirando y claramente preguntándose el motivo de que Isabel pareciera sumida en una ensoñación.

–Creo que deberías hablarlo con ella tú misma – sonrió y llenó su taza con el agua que ya había hervido.

–¡Intentar sacarte un cotilleo es como intentar que un político diga la verdad! ¡Es imposible! ¡Me sorprende cómo tu hermana y tú podéis ser tan distintas! Emilia haría lo que fuera por una historia jugosa o por conseguir un ascenso.

Isabel removió el té mientras observaba a su exasperada amiga. Era irónico. Sus padres pensaban que no tenía principios por haberse acostado con un «extraño oportunista» que había conocido en España y por haberse quedado embarazada y, en cambio, sus amigos pensaban que era una mujer de principios al ser tan discreta.

–Bueno, sinceramente, creo que es asunto de Chris. Y, en cuanto a mi hermana, me gustaría dormir tranquila esta noche, así que, si no te importa, preferiría no hablar de ello.

La relación entre las dos mujeres era incluso más tirante de lo habitual. Emilia se había mostrado muy fría con Isabel desde que había vuelto de España el año anterior sin la entrevista que le había pedido, pero Isabel ya había decidido que no le revelaría a nadie su encuentro con el director. El tiempo que pasaron juntos había sido tan asombroso que no quería mancillar ese recuerdo con cotilleos. Y al descubrir que estaba embarazada de Leandro, reforzó todavía más ese juramento que se había hecho. Ni siquiera los padres de Isabel sabían quién era el padre de su bebé... Y aunque adoraban a su inesperado nieto, habían declarado estar «tremendamente decepcionados» con su hija mayor.

–Pues nada, si no vas a contarme nada, entonces no me queda otro remedio que seguir queriéndote, a pesar de todo, y marcharme –su innata bondad podía más que su decepción por no haber conseguido ningún chisme nuevo. Natasha se acercó a la joven de cabello negro y le dio un sincero y cariñoso abrazo–. Sabes que estaré encantada de cuidar de Rafael en cualquier momento. Es un auténtico ángel, además de ser absolutamente precioso. ¡Todas tus amigas nos morimos de la envidia!

–Gracias, Natasha. Me ha sido de gran ayuda el poder dejarlo en tu guardería cuando estoy en la biblioteca. Sé con toda seguridad que está en buenas manos.

–De nada. Y puede que vaya a ver esa película que me has dicho. A ver si es tan maravillosa como dices.

–No te decepcionará. Te lo prometo.

La película se había convertido en algo de enorme importancia para Isabel porque era otro precioso vínculo con el hombre al que le había entregado su corazón esos meses atrás... el hombre que, sin saberlo, era el padre de su bebé.

Acompañó a su amiga a la puerta, la ayudó a ponerse el abrigo y se dirigió ansiosa a la habitación mientras su otra amiga se marchaba también. No podía esperar ni un minuto más a ver a su bebé...

Al sacar lo que llevaba en su cartera buscando un número de teléfono que necesitaba, Leandro encontró una pequeña tarjeta dorada del hotel de su amigo Benito. No habían hablado desde la noche que había llevado a Isabel allí. Se dejó caer sobre la silla de piel que había junto a su escritorio y se quedó pensativo. Todo tipo de emociones perturbadoras parecieron estallar en su cuerpo mientras no dejaba de observar la pequeña tarjeta. Una ráfaga de calor inundó sus sentidos al recordar esa noche increíble y cargada de sexualidad que había pasado con Isabel.

Había pensado en ella desde que la dijo adiós en la puerta de su hotel en el puerto de Vigo y en muchas ocasiones se había lamentado de su cautelosa decisión de no darle su número de teléfono.

¿Qué estaba haciendo ella ahora? Ansiaba saberlo. ¿Recorrer el Camino de Santiago le había dado las respuestas que buscaba? Seguro que sí. En los meses que habían seguido a su marcha, le habían aclamado por su trabajo más de lo que jamás había soñado e incluso había recibido ofertas desde Hollywood. Pero también, había perdido a su padre justo al mes siguiente de conocer a Isabel y le había resultado demasiado duro soportar esa pérdida.

De pronto, el trabajo ya no era eso tan emocionante a lo que daba preferencia. La muerte de su padre había sido repentina e impactante; un conductor borracho le había robado la vida en un espantoso instante.

La suya había sido una relación extraordinaria. Además de ser el más amigable y mejor hombre con el que toparse, Vicente Reyes había sido el fan más entregado de la obra de Leandro. Pero Leandro no había podido cumplir el deseo de su padre, que antes de morir querría haber visto a su único hijo casado y convertido en padre y nada le habría gustado más que tener un nieto al que adorar. Pero Leandro no había tenido una novia formal en casi tres años... ¿cómo podía pensar en una relación cuando su vida estaba más o menos dedicada básicamente a su trabajo?

Pero en ese momento en el que estaba recordando la intensidad de las emociones vividas esa noche con Isabel, valoró seriamente la idea de ponerse en contacto con ella. Pensar en su padre y en la brutal realidad de que se podía perder la vida de una manera tan horrible y repentina había hecho que Leandro valorara la importancia de crear una conexión con otra persona. Si Isabel tenía una relación o estaba casada, entonces él se marcharía solo. Pero, si no era así... ¿qué habría de malo en verla de nuevo?

Leandro descolgó el teléfono y marcó un número que siempre usaba para reservar sus viajes...

Había sido un día largo. Prácticamente había estado de pie desde que había entrado a la biblioteca a las nueve y ya eran más de las cinco de la tarde. Isabel nunca había estado pendiente del reloj, pero al convertirse en madre había podido descubrir que el tiempo adquiría un nuevo significado. Se hacía infinitamente preciado. Echó otro vistazo al reloj y pensó en un largo y caliente baño que calmara sus cansadas y doloridas extremidades después de haber dormido a Rafael.

—¿Una taza de café?

—¡Becky! Me has asustado.

—¿Soñando despierta con tu bebé otra vez? —sonrió su compañera. Solo tenía dieciocho años y esa encantadora jovencita, a la que le habían concedido unos días de permiso en la universidad para realizar unas prácticas, había sido de gran ayuda para el equipo de la biblioteca con su entusiasmo y sus ganas de aprender. Isabel, incluso, se había encariñado un poco de ella.

—Algún día sabrás lo que se siente.

—¡No hasta que tenga treinta y cinco, por lo menos! Quiero divertirme antes de formar una familia. Bueno, ¿qué me dices de esa taza de café?

—Sería genial... gracias.

Isabel se quedó pensando en las palabras de Becky; se preguntó si renunciaría a la diversión si se le volviera a presentar la decisión de tener a su bebé. La respuesta estaba clara. Rafael le proporcionaba toda la alegría y diversión que necesitaba...

Sonriendo al imaginar la angelical carita de su bebé, alzó la vista hacia las puertas giratorias de la entrada y lo que vio la dejó sin respiración... ¡Leandro!

¿Estaba soñando? Incluso a la distancia a la que se encontraban, se apreciaban sus fascinantes ojos plateados. Llevaba un moderno abrigo negro, camisa negra y vaqueros. Con su pelo alborotado y su mediterránea piel llenó la librería pública de un irresistible y peligroso encanto. Isabel no era la única que lo seguía con la mirada. Ese hombre era simplemente cautivador...

—Buenos días, Isabel —dijo en español.

—¿Cómo... cómo me has encontrado?

Él respondió con una sonrisa marcada en su fascinante boca.

—Lo creas o no esta es la tercera biblioteca a la que he entrado buscándote.

Isabel recordó haberle contado que trabajaba en Highgate. Se preguntaba por qué había esperado dieciocho meses para buscarla. Y sobre todo se preguntaba el porqué de su presencia allí. Entonces se le encogió el estómago al pensar en su hijo... y también el hijo de Leandro.

—No entiendo qué estás haciendo aquí.

Isabel era, sin duda, la bibliotecaria más sexy que Leandro había visto en su vida... Al verse tan cerca de ella otra vez después de dieciocho meses se sintió embargado por una sensual excitación y eso le indicó que había hecho bien en ir a buscarla. Ahora lo único que deseaba era tener la oportunidad de estar a solas con ella. Le impacientaba verla allí trabajando, cuando sus instintos ansiaban sacarla de allí y hacerle el amor. Su hambrienta mirada se recreó en su cuerpo. Llevaba una blusa verde y una falda larga negra. Tenía el pelo recogido en una coleta alta y Leandro deseaba soltársela para ver su melena caer a modo de cascada sobre los hombros.

—Quería volver a verte.

—Me cuesta creerlo después de tanto tiempo —respondió ella a la defensiva.

Él se encogió de hombros. Aunque pareciera arrogante por su parte, estaba convencido de que podría ganársela.

—¿Cuándo sales de trabajar? Tenemos que hablar.

—¿Tenemos? —sus ojos negros se cargaron de furia—. ¡No tengo que hacer lo que tú quieras! ¡Ni siquiera tuviste la cortesía de darme tu número de teléfono cuando nos despedimos en España! ¡Y ahora apareces como si nos hubiéramos visto ayer!

Tal vez Leandro se había equivocado al pensar que ella se alegraría de verlo otra vez, pero ¡en absoluto se había esperado que lo vapuleara por haberla ido a buscar!

—¡Sabes muy bien por qué no te di mi número! Pero este no es ni el lugar ni el momento para hablarlo. ¿A qué hora sales? —preguntó él, de nuevo.

Su grisácea mirada estaba cargada de ira. Isabel suspiró y Leandro vio cómo ante ese gesto sus pechos se marcaban contra su blusa. Él tragó saliva y la observó mientras ella recogía la pila de sobres blancos que había en el mostrador para a continuación colocarlos sobre su pecho, casi a modo de escudo protector.

Isabel ni siquiera se atrevía a hablar. Lo único que quería era marcharse a algún lugar y llorar. Pero llorar no solucionaría nada y, aunque se había puesto furiosa cuando Leandro le había propuesto que hablaran, la verdad era que necesitaban hablar. Tenía que contarle lo de su hijo. No había sido decisión suya el mantenerlo en secreto. Leandro había sido el que lo había decidido al no darle su número de teléfono. Había deseado poder compartir con él que su apasionada unión había creado un maravilloso niño, pero al mismo tiempo había temido su reacción. Si había considerado su encuentro como una noche más, cosa de la que Isabel estaba segura, ¡lo último que habría querido oír habría sido que tenía un hijo! Pero ahora que había aparecido en su vida de nuevo, Isabel sentía confusión además de rabia.

—Termino a las cinco y media, pero esta noche tengo que irme directa a casa. Si te doy mi número de teléfono tal vez podamos quedar para mañana por la noche —intentaba retrasar la conversación porque tenía que ir a la guardería a recoger a Rafael. Eso le daría tiempo suficiente para pensar cómo darle la noticia de que ¡se había convertido en padre!

—No. ¡No quiero esperar a mañana! Si necesitas ir primero a tu casa, entonces esperaré a que termines aquí y luego te acompañaré.

Isabel tenía que pensar deprisa. Podía ver que Leandro no cedería, pero necesitaba tiempo y, sinceramente, prefería que no viera a Rafael hasta que no se lo hubiera contado. Tal vez podía pedirle a Natasha o a Chris que cuidaran de él.

—Si pudieras darme un par de horas... puedo ir a casa, hacer lo que tengo que hacer y después quedaremos en algún sitio para hablar. Por favor, Leandro...

—Entonces ven tú a hablar conmigo —sugirió impaciente por tener que esperar para verla. Anotó una dirección en uno de los sobres que Isabel tenía en el mostrador–. Un amigo mío me ha dejado su casa para alojarme los días que esté en Londres. Podemos hablar allí y luego salir a cenar.

–Vale... eso haré. Iré a verte y hablaremos.

–¡Aquí tienes! –Becky dejó la taza delante de Isabel y miró a Leandro con interés. Enseguida Isabel se dio cuenta y rezó para que la joven no dijera nada sobre Rafael–. Me temo que no hay galletas... pero casi mejor. No queremos echar a perder nuestra figura, ¿verdad? –la chica sonrió en un intento de coquetear con Leandro, pero este la ignoró y, en su lugar, siguió sin despegar sus ojos de Isabel. Al notarla incómoda, se encogió de hombros con arrogancia.

–Eso sí que sería un crimen contra la naturaleza... estropear tanta belleza y perfección.

Isabel se dirigió a su joven compañera y le dijo en un tono frío, no habitual en ella:

–Seguro que tienes mucho que hacer antes de marcharte a las cinco y media, Becky, y yo también.

Después de ver cómo dejaba el sobre con la dirección sobre el mostrador, le dio la espalda para llevar a cabo una imaginaria tarea.

Capítulo 5

ISABEL caminó una y otra vez por la elegante calle londinense antes de reunir el valor suficiente para llamar al timbre de la casa que Leandro le había dejado anotada en el sobre. Número sesenta y seis. El número seis y el tres siempre le habían traído suerte a Isabel y, dada la situación, necesitaba esa suerte más que nunca.

¿Cómo reaccionaría ante la noticia de su paternidad? ¿La acompañaría hasta la puerta y le diría que no quería saber nada ni de ella ni de su hijo? Isabel estaba preparada para una cosa así, a pesar de que sería algo terrible de soportar. Después de todo, Leandro no era un inocente al que ella estaba intentando implicar. Los dos habían participado del mismo modo en la creación de su precioso bebé y a ella le había roto el corazón no poder decirle lo que había ocurrido, ni compartir con él ni su embarazo ni el nacimiento de Rafael; por el contrario, ¡había tenido que pasar por todo eso ella sola!

Pero no estaba resentida. ¿Cómo iba a estarlo teniendo a Rafael? Sin duda la maternidad la había cambiado para mejor y se había enfrentado a ese desafío con valentía. Y aunque, en un mundo ideal, habría sido preferible y, tal vez más fácil, formar parte de una pareja, ella era una madre soltera muy competente.

Así que en absoluto necesitaba la ayuda de Leandro, ¿verdad? Simplemente iba a contarle la verdad.

Finalmente reunió el valor para tocar al timbre.

Leandro estaba impaciente y deseoso por volver a ver a Isabel. ¡No podía recordar haber caminado tanto de un lado para otro en su vida! Tomó el guion sobre el que había estado hablando con su guionista casi toda la mañana y con el que, para ser sincero, no estaba demasiado contento, y se maldijo a sí mismo y a su distraída mente por no permitirle concentrarse. Tomó la taza de café negro que se había preparado hacía un rato, se sentó en el cómodo sillón de su amigo Richard y estiró las piernas en dirección al centelleante fuego de la chimenea eduardiana. Descansó sus pies descalzos sobre el pequeño taburete a juego, decidido a superar su persistente preocupación y a intentar relajarse. Pero ya era demasiado tarde para dejar de pensar en Isabel.

Verla en la librería había activado en él una necesidad y un deseo que apenas podía creer. ¿Alguna vez se había sentido tan nervioso por ver a una mujer? Creía que no... Es más, sus novias siempre lo habían acusado de ser demasiado distante y no tan atento como a ellas les hubiera gustado... incluida la chica que lo había traicionado con otro hombre. Cuando sonó el timbre, Leandro levantó su atlético cuerpo del asiento. Dejó sobre una mesita la taza de café, respiró hondo y atravesó descalzo el pasillo decorado en un tono sobrio y apagado para ir a abrir la puerta. Era sobrio y apagado porque, como ya había observado, los ingleses parecían tener algo en contra del uso de colores vivos y brillantes en sus casas. Tal vez eso tenía algo que ver con los largos meses de clima gris que tenían que soportar.

¡Madre mía! El ver la sonrisa y el bello rostro temeroso de Isabel por segunda vez en un breve espacio de dos horas le aceleró el corazón. Una ola de placer se apoderó de él y lo dejó sin palabras.

–Hola –lo saludó con voz suave, mientras agarraba con fuerza el cuello de su abrigo con su pálida mano; su gesto protector y sus sonrosadas mejillas le recordaron a Leandro lo desapacibles que estaban siendo las temperaturas.

–Isabel... Entra.

Al echarse a un lado para dejarla pasar, detectó en ella algo diferente que no había percibido antes. No sabía qué era, pero lo que veía muy claro era que estaba más encantadora que nunca. Cuando pasó por su lado, Leandro comprendió por qué esa mujer le suscitaba una pasión tan fuerte: desde el aroma del frío pegado en su ropa hasta el sexy brillo azulado de su pelo bajo la luz de la entrada, pasando por el desafiante temperamento del cual había hecho uso en la biblioteca.

Mientras se preguntaba cuánto le llevaría poder sacar provecho de ese apasionado temperamento, Leandro no pudo evitar sonreír para sus adentros deleitado por la naturaleza libidinosa de sus pensamientos. En los últimos dieciocho meses, había estado rodeado de varias mujeres, todas ellas encantadoras, pero ninguna había provocado un efecto tan asombroso en su libido como esa mujer que ahora tenía delante de él.

–Ve a la izquierda. El fuego está encendido y podrás calentarte.

Mientras estaba junto al fuego con las manos extendidas hacia las brillantes llamas, Leandro la observó y se dio cuenta de que apartar la vista de esa imagen sería como una prueba de esfuerzo. Habría sido natural pensar que durante el tiempo que habían estado separados la feroz atracción que Leandro había sentido por Isabel aquella excitante noche de mayo se podría haber disipado, pero, por el contrario, descubrió para su inmensa satisfacción que había ocurrido algo totalmente opuesto.

–Aquí dentro no te hace falta el abrigo. Trae, dámelo.

Antes de que Isabel pudiera calmar sus nervios, Leandro ya estaba a su lado distrayéndola con su inquietante presencia. Sus sentidos quedaron inmediatamente embelesados por la cautivadora calidez que desprendía su cuerpo y por la encantadora masculinidad que parecía ser capaz de hacerle centrar sus pensamientos en poco más que en sexo. Le temblaban las rodillas mientras él esperaba a que se desabrochara el abrigo y se lo diera. Cuando lo hizo, él le lanzó una mirada insinuante que la dejó con los pies clavados al suelo. Y ahí estaba ella, frente a él, con la ropa que había elegido tan cuidadosamente para esa noche en la que iba a darle la importante noticia. Tal vez el vestido negro de manga larga y hasta las rodillas había sido una elección demasiado sobria. De todos modos, ya era demasiado tarde para ponerle remedio. En lo único que Isabel había pensado era en vestirse en consonancia con la gravedad de lo que tenía que revelarle a Leandro.

Cuando volvió de colgar el abrigo de Isabel, ella apartó de golpe su mirada de esos ojos que tanto calor despertaban en ella. Estaba tan increíblemente guapo que una chica tendría que estar privada de sus sentidos para no sentirse excitada solo con mirarlo. Era fácil ver por qué había sucumbido a sus encantos aquella primavera. Estar en el norte de España y experimentar la magia y el atractivo que aquellas tierras tenían que ofrecer durante el recorrido del Camino la había ayudado a rendirse con más facilidad ante sus encantos. Pero, si tenía que ser completamente sincera consigo misma, Isabel sabía que Leandro Reyes habría sido alguien imposible de resistir en cualquier otra parte del mundo. Por eso se había enamorado de él tanto y tan deprisa...

–¿Por qué no te sientas y te pones cómoda? ¿Qué quieres beber? – había un elemento desconcertante en su fija e intensa mirada que le hizo a Isabel sentir cómo sus mejillas se tornaban de color escarlata, sin poder hacer nada por evitarlo. Con las manos apoyadas en las caderas, Isabel no pudo más que centrar su atención en él y en su musculosa y masculina belleza. Apartó la vista de él, avergonzada, y recorrió con la mirada la sala de estar para detenerla en el sillón que estaba junto a la chimenea. Leandro apartó unos papeles del sillón para que ella se pudiera sentar–. Estaba trabajando.

–¿Te he interrumpido? –respondió Isabel preocupada.

–Claro que no –se encogió de hombros como quitándole importancia–. Estaba impaciente esperando a que llegaras.

–¿Estás en Londres por tu trabajo?

–No solo por mi trabajo, aunque he aprovechado para verme con gente de la industria.

Sintió un calor en la entrepierna y entendió que había otra conversación que se estaba desarrollando sin palabras. Apenas podían despegar la mirada el uno del otro. Su piel estaba acalorada... estaba ardiendo y lo único en lo que podía pensar era en el deslumbrante y bello cuerpo bajo ese vestido negro y en lo poco que podría tardar en quitárselo para hacerle el amor.

—Pero no quiero hablar de trabajo contigo esta noche, Isabel. Como ya te he dicho, esa no es la única razón por la que estoy aquí.

—¿Ah, no? —sentada en el sillón, Isabel posó las manos sobre su regazo de un modo tan solemne que parecía una niña esperando a tomar su Primera Comunión.

—Quería volver a verte. Tendría que haberme puesto en contacto contigo antes, pero en los últimos meses han ocurrido muchas cosas en mi vida... En ocasiones, mi vida es una locura.

—Imagino que debes de ser un hombre muy ocupado. Pero si quieres saber la verdad, me sorprende que me hayas llamado después de tanto tiempo.

¿Por qué había ido a la biblioteca? ¿Estaba buscando que se repitiera lo que habían compartido en España? Se le cayó el alma a los pies. No quería que Leandro la utilizara de ese modo.

—Espero que no haya sido una sorpresa desagradable

Había soñado con verlo de nuevo tantas veces que ya había perdido la cuenta. ¡Eso jamás podría ser algo desagradable! Y mucho menos cuando de la noche que habían pasado juntos había nacido su hijo.

—No. Leandro... hay algo que tengo que contarte...

—Fue un error por mi parte no darte mi número de teléfono, pero dada mi posición, no siempre me resulta fácil fiarme de que la gente no vaya a abusar de mi confianza para obtener su propio provecho. ¿Lo entiendes?

Isabel lo entendía. Tenían la misma opinión en lo que respectaba a temas como la confianza y su vida privada.

–Sí...

Sus miradas se quedaron atrapadas la una en la otra durante varios segundos.

–... lo entiendo.

–Bueno... ¿has salido con alguien desde que nos dijimos adiós? Si no es así, tendrás que explicarme cómo es posible que una mujer tan bella y atractiva como tú haya estado sola tanto tiempo.

Se le llenó el corazón al oír que para Leandro seguía siendo bella y atractiva, pero casi instantáneamente volvió a centrarse en la pregunta; sabía que no podía retrasar la respuesta y se preguntaba si después de oír la verdad, él cambiaría la opinión que tenía de ella.

–No, no he estado con nadie. Y tengo una muy buena razón para no haberlo hecho.

El silencio intensificó la tensión que se estaba apoderando del corazón de Isabel.

–¿Y esa razón es...? –añadió Leandro al ver que ella no parecía tener intención de continuar.

–Es... –«por el amor de Dios, Isabel, ¡dilo ya!»–. Es complicado.

–Entonces, explícamelo, por favor.

–De acuerdo... tengo un niño al que cuidar.

Ya estaba hecho... ya lo había dicho y, aparentemente, en la habitación todo seguía igual, aunque, en realidad, todo hubiera cambiado. Impactado, Leandro le lanzó una mirada rotunda y acusatoria.

–Cuando nos conocimos no dijiste que eras madre.

Se sacó la mano del bolsillo y la apoyó sobre la repisa de la chimenea. Estaba demasiado aturdido por la revelación de Isabel. Sabía que había estado prometida, ¡pero no había imaginado que tuviera un hijo de esa relación! Se preguntó quién se habría ocupado del bebé durante todo el tiempo que ella había estado en Santiago de Compostela. ¿Había sido el padre del niño? En su opinión, cinco semanas era demasiado tiempo para que un niño estuviera separado de su madre.

Isabel soltó aire antes de ponerse en pie.

—En ese momento todavía no era madre —le explicó y cruzó los brazos sobre el pecho a modo de protección. Distraídamente, agarró con los dedos el fino crucifijo de oro que llevaba colgado de la fina cadena que rodeaba su cuello—. Tuve a mi bebé hace nueve meses, Leandro... es un niño. Se llama Rafael.

—¿Así que sí que estuviste con alguien después de marcharte?

Sin darse cuenta de que le había puesto al niño un nombre español, Leandro no pudo hacer nada por evitar el repentino torrente de furia que se estaba originando dentro de él. Desde aquella noche que había pasado con Isabel, no se había acostado con ninguna otra mujer. Para un hombre tan pasional, la abstinencia había llegado a ser una auténtica tortura, pero había rechazado a otras mujeres simplemente porque todavía tenía presente el excitante recuerdo de Isabel. Y ahora resultaba que ella no solo había estado con otro hombre, sino que además había tenido un hijo.

—Yo... bueno, yo...

—Entonces, ¿el padre del niño y tú ya no estáis juntos? —preguntó con la garganta seca y con decepción al ver que ella estaba evitando su mirada; una clara muestra de que no estaba siendo completamente sincera—. Recuerdo haberte oído decir que no habías estado con nadie.

–Leandro...

La observó mientras se tocaba el pelo nerviosa. Se fijó en sus dedos, que no llevaban anillos, y en la indiscutible elegancia de sus finas y pálidas manos. Las mismas manos que lo habían acariciado con suavidad excitando todos sus sentidos aquella larga y calurosa noche dieciocho meses atrás.

–Te he dicho la verdad. ¡Ni estoy con nadie ahora ni lo he estado desde que pasamos la noche juntos en Vigo! No sé cómo decírtelo para que no te impacte tanto, pero... el bebé es tuyo, Leandro... Tú eres su padre.

La mera sugerencia de que él pudiera ser el padre del bebé de Isabel era tan absurda que se sintió envuelto por un manto de hielo mientras empezaba a verla como a una extraña que no significaba nada para él. Leandro no tenía ninguna duda de haber usado protección. Se puso enfermo solo de pensar en que tal vez ella fuera a usar esa oportunidad para sacarle dinero o hacer que se ocupara del hijo de otro hombre.

–¡Imposible! –sus grisáceos ojos le lanzaron unas dagas tan afiladas que el corazón de Isabel se vio inmediatamente atravesado por su incredulidad–. ¿Me tomas por imbécil? ¡Es imposible que te dejara embarazada, Isabel! ¿Es que no recuerdas que usé protección? ¿Qué intentas hacer? ¿Chantajearme?

–¡No! –sus ojos negros nadaban entre lágrimas y Leandro se sintió como si lo hubieran golpeado. Le temblaban las manos y se negaba a tener consideración por sus sentimientos, cuando estaba claro que a ella no le importaban en absoluto los suyos–. No te estoy mintiendo, Leandro. Me haré todas las pruebas que quieras, ¡pero te aseguro que eres el padre de mi hijo! Y sobre lo que has dicho del chantaje...

bueno, es una acusación bastante hiriente dadas las circunstancias. No tenía que haber venido... Me podría haber mantenido alejada de ti y no haberte dicho nada del bebé. Pero cuando apareciste en la biblioteca y me pediste que habláramos, pensé que estaba en la obligación de contarte la verdad, eso es todo. Supuse que querrías saberlo.

–¿Y cómo es posible que te quedaras embarazada si usé protección, Isabel? ¿O acaso se trató de una inmaculada concepción?

–Por favor, Leandro –suplicó entre lágrimas–. Te estoy diciendo la verdad. ¡Te lo juro! Pasó durante la noche... Tú... tú te acercaste y yo creí que estaba soñando. Está claro que tú también pensaste que estabas soñando. Fue entonces cuando ocurrió.

Un increíble recuerdo se apoderó del cerebro de Leandro. Durante un momento le costó respirar. Isabel no estaba mintiendo. Ahora que se había visto obligado a revivirlo todo en detalle, sí que se acordó de haberse acercado a ella mientras dormían aquella erótica noche. Incluso recordó lo realista que le estaba pareciendo aquel sueño en el que creía encontrarse... Lo había sentido todo, sus suaves pechos, su vientre y sobre todo la abrasadora humedad entre sus muslos en el momento en que se sumergió en ella... Y ahora se estaba enterando de que durante aquella increíble noche él había hecho... un niño... un niño llamado Rafael.

–¿Por qué no intentaste ponerte en contacto conmigo cuando te enteraste de que estabas embarazada? –preguntó con la voz quebrada e impactado.

–Lo hice. ¡No te imaginas cuántas veces lo intenté! Lo intenté de muchas formas... pero la gente que trabaja para tu compañía pensó que yo era una especie de fan obsesionada y ni siquiera anotaban los mensajes que te dejaba. Lo siento, Leandro... Jamás quise que te enteraras de esta forma...

—¿Por qué Rafael?

—Por mi abuelo. Se llamaba Rafael Morentes. ¿Te conté que era español?

Lo había hecho. Pero Leandro apenas le había dado la oportunidad de contarle algo más sobre ella o su familia. Lo único que le había preocupado era satisfacer el fuerte deseo que había despertado en él. Y ahora sabía que además de satisfacer ese deseo, había creado un hijo. Era algo increíble. Pensó en su padre Vicente y en cuánto había deseado que Leandro se convirtiera en padre. En los últimos meses, Leandro finalmente se había convertido en padre, pero Vicente no había vivido lo suficiente para ver a su nieto.

Por un momento, el corazón de Leandro se estremeció de emoción. Todavía no había conocido a su hijo... ¿Cómo era? ¿Se parecía a su madre o reconocería en él rasgos de su propia familia? Pero antes de ver a su hijo, necesitaba algo de tiempo para pensar en la importante revelación de su existencia. Necesitaba sentarse y pensar seriamente en lo que todo ello iba a suponer a partir de ahora, pero la presencia de Isabel resultaba demasiado provocadora como para no distraerlo. Ella tendría que marcharse.

—Tendrás que darme tu dirección —se dirigió a una mesa con libros y papeles. Tomó un bolígrafo y una hoja y se los entregó a Isabel—. Anótala aquí... tu número de teléfono también... y tu móvil, si tienes.

Isabel se vino abajo por la fría mirada que él le dirigió. ¿Pensaba que intentaba arruinarle su vida con la noticia de Rafael? ¡Eso era lo último que querría! Tenía que hacerle ver que no lo culpaba por haberla dejado embarazada, que amaba a su bebé y que seguiría cuidándolo hasta que creciera, con o sin su padre. Pero estaba dolida porque él sí que parecía estar culpándola por haberse quedado embarazada cuando él era igual de responsable. Escribió su dirección y números de teléfono con una mano que no cesaba de temblar y le entregó el papel sin decir nada.

–Gracias –dijo en español–. Ahora deberías irte.

–Esto no es el fin del mundo. Puedes seguir con tu vida... ni siquiera hace falta que mantengamos el contacto. Yo soy muy feliz por tener a Rafael conmigo y nada cambiará mis sentimientos en ese aspecto.

Maldijo. Y lo hizo bien alto y en español. Isabel dio un paso atrás al ver tanta ira reflejada en su bello rostro.

–¿De verdad crees que soy capaz de irme tan tranquilo y alejarme de mi hijo cuando acabo de enterarme de su existencia? Bueno, pues, escúchame bien, Isabel. ¡Sería imposible que se me ocurriera hacer algo así! ¿Es que en tu país no conocéis el significado de la palabra «honor»? ¿Con qué clase de hombre crees que estás tratando? –respiró hondo y se pasó la mano por el cabello despeinado–. Mañana iré a conocer a Rafael a las cinco en punto.

–Tendrás que venir sobre las seis y media, no a las cinco –añadió Isabel, temerosa de otra muestra de su temperamento latino–. Rafael está en la guardería hasta las seis menos cuarto, cuando lo recojo después del trabajo.

–¿Tienes a nuestro hijo de nueve meses en una guardería?

–Tengo que trabajar, Leandro. ¿De qué, si no, vamos a vivir?

–¡Es demasiado pequeño para que lo estén cuidando unos extraños! ¿Y tus padres? ¿No pueden ocuparse de él mientras tú estás trabajando?

–No. Me temo que mis padres no me apoyarían mucho en ese aspecto.

–Eso está fatal. Está claro que tendremos que solucionar algunas cosas para el futuro.

–¿Qué quieres decir con eso?

–Mañana lo hablaremos todo –respondió con firmeza.

Sobre las seis y cuarto de la tarde siguiente, Isabel entró corriendo a su cuidada casa adosada, encendió las luces, entró en el salón con su bebé dormido en brazos y lo echó sobre el sofá. Se quitó el abrigo, lo dejó sobre un sillón y se dirigió al pasillo para encender la calefacción. La casa estaba demasiado helada esa tarde. ¿O tal vez ese frío que sentía procedía de la sangre que se estaba congelando en sus venas de pensar en lo que Leandro iba a decirle?

Después de encender la calefacción, entró en la cocina, llenó la tetera, preparó unas tazas y unas jarritas, sacó la leche de la nevera y volvió al salón para ver a su bebé. Rafael dormía tranquilo. Con cuidado, para no despertarlo, lo besó. Sería capaz de cualquier cosa, se enfrentaría a cualquiera por proteger a ese niño.

Isabel no sabía qué habría decidido Leandro con respecto a su situación, pero fuera cual fuera su decisión, ante todo tendría que tener en cuenta la opinión de Isabel. Aunque ante las autoridades fuera el padre del niño, no tenía derecho a dictar el futuro de su hijo. Tendrían que discutir todo ello de manera calmada y civilizada y encontrar la mejor solución para los tres.

Decidida a apartar de su mente todo pensamiento negativo, suspiró, y se dejó llevar por el recuerdo para contemplar, una vez más, la extraordinaria realidad de haber visto a Leandro el día anterior. El volver a tener su rostro enfrente de ella había sido algo maravilloso, además de un martirio para sus nervios, dado lo que había tenido que decirle. La noche anterior, el sueño prácticamente la había evitado porque sus pensamientos habían estado cargados con el recuerdo de su belleza... de su bronceado y esbelto cuerpo y de esa colorida mirada suya que le lanzaba ardientes chispas de placer a cada rincón de su ser. Y al menos, había querido ver a Rafael... No había rechazado su existencia, tal y como ella había temido que pudiera hacer.

El timbre de la puerta sonó e inmediatamente, ella salió al pasillo y se miró al espejo. Antes de abrir la puerta, miró hacia arriba suplicando valor para enfrentarse a la situación que le aguardaba. Tenía que hacerle ver a Leandro que su principal preocupación era el bienestar de su hijo. No haría nada que lo pusiera en peligro. Era vital que él entendiera eso. Abrió la puerta y vio cómo la examinó de arriba abajo antes de saludarla con un serio «hola». No soportaba sentirse tan indefensa cada vez que él la miraba de ese modo, como si la estuviera desnudando mentalmente. Y no solo desnudando su cuerpo, era como si todo lo que tenía en su corazón y en su mente quedara descubierto ante él, también.

Se preguntó cómo demonios las actrices que participaban en sus películas podían recordar el guion cuando Leandro las mirara así. Intentó contener la llamarada de celos que se encendió en ella al imaginárselo... Esa tarde él llevaba una chaqueta de piel marrón y una camisa negra y vaqueros oscuros. Con su pelo negro rozando sus hombros y su mandíbula sin afeitar, su apariencia evocaba una vida llena de aventuras y de peligro, y no la vida corriente que vive la mayoría de la gente.

Isabel se preguntó qué habría pensado su abuelo de él. ¿Le habría parecido Leandro el hombre adecuado para ser el padre del hijo de su nieta? Un puñal cargado de tristeza la atravesó por el recuerdo del hombre al que había querido mucho más que a su padrastro. El hombre que le había dejado en herencia su casa... Rafael Morentes. Él era el hombre de mejor corazón y más cariñoso que había visto en su vida. Pero Isabel también recordó que entre Leandro y ella realmente no existía ninguna relación. Habían estado juntos y habían tenido un niño, pero eso no significaba que fueran a comenzar una relación seria y a comprometerse. Ya había llegado el momento de presentarle a su hijo e iba a necesitar serenidad para enfrentarse a ese emotivo momento.

—Nos has encontrado sin problemas, ¿no? —no le sorprendió que Leandro no le respondiera. Se paró en la puerta del salón y señaló la cocina—. ¿Te apetece algo de beber primero? Hace mucho frío. Seguro que te apetecerá...

—Me gustaría ver a mi hijo, Isabel —la interrumpió, mirándola fijamente.

Capítulo 6

LEANDRO bajó la vista y miró a su bebé con una mezcla de orgullo, temor y amor que brotaba desde el interior de su pecho. Unas lágrimas se clavaron en sus ojos cuando, después de ponerse de cuclillas, apartó con suavidad un rizo que caía sobre la mejilla aterciopelada del bebé y sintió su delicado aliento sobre la mano.

A sus treinta y seis años de edad, Leandro había pasado por momentos memorables en su vida, pero ese era uno que quedaría grabado para siempre en su corazón, en su mente y en su alma. Incluso, viéndolo así dormido, había reconocido el parecido que guardaba con él cuando era niño. Recordaba haber visto en fotos que tenía el mismo pelo negro rizado y los mismos rasgos regordetes que el niño que estaba enfrente de él. Leandro podía imaginar a su madre llorar de alegría por la noticia de su nieto. La existencia del bebé la ayudaría a apaciguar el terrible dolor que había estado sintiendo desde que su marido había perdido la vida de una manera tan cruel e inesperada.

Los planes de futuro que había ideado la noche anterior después de que Isabel se hubiera marchado volvieron a su cabeza con urgencia ante la visión de su hijo.

Se levantó y, conteniendo las imperiosas ganas de estrecharlo, miró a Isabel con aparente serenidad. Ella estaba de pie, la preocupación y el nerviosismo se reflejaban en su rostro y sus ojos estaban clavados en los de él como si ella fuera una prisionera esperando a oír su sentencia y él, el juez que tenía la llave de su libertad...

Miles de emociones contradictorias lo atacaban y Leandro se aferró decididamente a su característica determinación para vencer las sensaciones y sentimientos que amenazaban con anegarlo. El autocontrol era lo que más necesitaba en ese momento para alcanzar el resultado que él sabía claramente que deseaba y no podía permitirse dejarse arrastrar por la emoción. Había cosas importantes que tenía que decirle a Isabel... la madre de su hijo. Cosas ante las que no sabía cómo iba a reaccionar ni si le iban a molestar o a agradar.

–Puedo ver que es mi hijo... de eso no hay duda. Anoche su existencia era una idea absolutamente imposible. Pero hoy, verlo de cerca... es... –se le veía totalmente aturdido–. ¿Cómo puedo explicarlo? No tengo palabras para ello. Pero ahora que lo he visto... está claro que los dos tendréis que veniros a Madrid conmigo –dijo con un tono que dejaba claro que su decisión no se prestaba a discusión.

–¿Qué? –ahora era Isabel la que estaba aturdida.

–Empiezo a dirigir una nueva película en tres días y quiero que mi hijo y tú volváis conmigo... No voy a discutir esto contigo, Isabel. Simplemente se va a hacer así. Tengo una casa a las afueras y, afortunadamente, estaré rodando muy cerca de allí. Empaqueta lo esencial para ti y para el niño por el momento. Más tarde haré que nos manden el resto de cosas que quieras llevarte.

Tras quedarse con la boca abierta, Isabel la volvió a cerrar mientras se esforzaba por asimilar lo que acababa de escuchar. La indignación que sintió la sacó del temporal estado de estupor. Apenas podía creer lo que estaba oyendo. ¿Quería que Rafael y ella se mudaran a España con él en un par de días? Cuando observó el brillo de determinación en sus increíbles ojos, junto con la irrefutable postura dictatorial que estaba adoptando, Isabel se sintió ofendida.

—¡Eh! ¡Espera un minuto! No puedes decir que «se va a hacer así» y esperar que yo acceda sin poder decir nada al respecto. ¡Esta es nuestra casa! Mis amigos y mi familia viven aquí... ¡Mi vida está aquí!

—En España me dijiste que querías vivir una vida distinta. Dijiste que ansiabas un cambio. Creo que eso indica que deberías estar abierta a la opción de vivir en otro país, y no completamente en contra de esa idea. ¿Seguro que recorrer el Camino te ayudó a cambiar y a ser menos de ideas fijas, Isabel?

Por supuesto, tenía razón. Sintiéndose sumamente desconcertada por la sabiduría de sus palabras, Isabel suspiró.

—¡Yo no soy de ideas fijas! —protestó y miró a su bebé, todavía dormido.

Nunca había querido ocultarle su existencia a su padre, todo lo contrario; lo había intentado todo para ponerse en contacto con él, pero Leandro no podía aparecer de repente e intentar manejarla y ocuparse de todo ahora que estaba allí. ¡Ojalá pudiera pensar con claridad! Pero no era fácil cuando el magnetismo de ese hombre no dejaba de tirar de ella.

–Pero si de verdad esperas que considere tu propuesta, necesitaré más de tres días para pensarlo.

–No, ¡eso no es posible! ¡Quiero a mi hijo conmigo cuando vuelva a España y no estoy dispuesto a esperar mientras tú decides si es una buena o mala idea! ¿Cómo sé que cuando me marche tú no te irás a otro sitio sin decirme adónde?

Isabel palideció de indignación.

–¡Yo nunca te haría eso! –mientras se esforzaba por calmarse, podía ver reflejado en los ojos de Leandro su miedo a que ella hiciera eso. Pero ella jamás lo privaría de su hijo, jamás impediría que mantuvieran el contacto–. Mira... esta es una situación imposible. Lo sé. Ambos tenemos que ser razonables y sensatos si queremos tomar la decisión correcta... ¿no te parece?

–¿La decisión correcta? –por un momento Leandro mostró una actitud desdeñosa–. La decisión correcta es simplemente ¡que tenemos que hacer lo mejor para Rafael! Y, en mi opinión, vivir con sus dos padres en un hogar sin que le falte de nada es seguramente algo que no se debería rechazar; aunque no sea en el país en el que ha nacido. Quiero estar todos los días en la vida de mi hijo... ¡no me interesa ser un padre «de fin de semana»! Y el único modo de hacerlo es que Rafael y tú vengáis a vivir conmigo. Te vuelvo a repetir, Isabel... que es el bienestar de Rafael lo que debe prevalecer sobre todo lo demás. Y además, ¡ya me he visto privado de nueve meses de su vida y no quiero perderme nada más!

Ante el tono elevado de la voz masculina, Rafael se estiró sobre el sofá, abrió sus impresionantes ojos grises y gimoteó al mirar hacia arriba y ver a Leandro.

–Increíble... –dijo, sobrecogido, en español mientras, embelesado, se reflejaba en los brillantes ojos de su hijo. Ese increíble momento despejó toda duda de que no fueran padre e hijo.

Automáticamente, Isabel, que temblaba de emoción, pasó por delante de él para tomar a su hijo en brazos. Sentía emoción por su hijo que, sin saberlo, estaba viendo la cara de su padre por primera vez... y también por Leandro, que estaba conociendo al hijo del que no había sabido de su existencia hasta el día anterior... «¡Ya me he visto privado de nueve meses de su vida y no quiero perderme nada más!».

Esas apasionadas palabras de Leandro no dejaban de repetirse en su cabeza. Lo había intentado todo por contactar con él al descubrir que estaba embarazada, pero le habían cerrado todas las puertas para hacerlo. ¡Habría sido más fácil intentar contactar con el Papa! Ante esa situación, ¿qué otra cosa podía haber hecho más que decidir criar a su hijo ella sola?

La frustración y el sentimiento de culpa se apoderaron de ella, pero Isabel intentó mantener la calma por el bien de su hijo. Con cuidado, levantó a Rafael en brazos y lo acunó con ternura, en todo momento bajo la cautelosa y curiosa mirada de Leandro.

–Tiene hambre –dijo Isabel con voz firme mientras cruzaba la habitación para dirigirse a la cocina. Sacó de la nevera un biberón, abrió el microondas y lo puso en marcha. Cuando el plato comenzó a girar con el biberón encima, se giró y encontró a Leandro mirándola desde la puerta con expresión acusatoria.

–¿No estás amamantando a nuestro hijo?

Isabel se quedó petrificada. Mientras otra ola de culpabilidad la invadía, contuvo el sentimiento de ira que la instaba a contestarle a modo de defensa.

–No... Le di el pecho los tres primeros meses pero no fue fácil.

La fija mirada de Leandro atrapó la suya y por un momento Isabel no pudo liberarse de esa especie de hechizo. Al sentir cómo la estaba enjuiciando, comenzó a balancearse en un intento de tranquilizar a su cada vez más inquieto bebé. Notó con claridad que Rafael podía sentir su malestar y el efecto que ese hombre «extraño» estaba provocando en la habitual calma de su madre.

–Sufrí depresión posparto un tiempo y no podía producir leche.

Las palabras resultaban insustanciales, como si simplemente estuviera poniendo excusas poco convincentes para defenderse de la actitud acusatoria de Leandro. Isabel podría haber llorado por el injusto modo en que la estaba juzgando. No había sido fácil estar embarazada y tener que enfrentarse a la realidad de traer al mundo un niño ella sola. Al no ser capaz de contactar con Leandro para contarle lo que había ocurrido después de aquella noche que habían pasado juntos, ella había experimentado un miedo sobrecogedor y una vulnerabilidad absolutamente devastadora. Tragó saliva y acunó a Rafael un poco más, pero no hubo forma de calmarlo. Estaba tan hipnotizado por Leandro como ella y siguió intentando mirarlo por encima del hombro de su madre.

–Deberías haber pedido ayuda apropiada para haber podido continuar dándole el pecho. En España lo habríamos hecho como Dios manda– fue claramente una acusación, estaba claro que no se trataba de una especulación. Leandro se dirigió hacia ella y extendió sus brazos–. Dámelo –le ordenó sin alzar la voz. Queriendo resistirse, pero incapaz de hacerlo, Isabel transigió, se lo entregó y, sorprendente-mente, Rafael se tranquilizó. Leandro lo rodeó con sus manos y, con ternura, lo acercó a su pecho–. Ocúpate tú del biberón. Llevaré a Rafael al salón y te esperaremos allí.

Después de que salieran de la cocina, Isabel oyó el timbre de aviso del microondas y, tras abrir la puerta, introdujo la mano para sacar la comida de su hijo...

–Soy tu padre, hijo mío... –le dijo en español al hablar a su hijo por primera vez, mientras el resto del mundo quedaba en el olvido. Todas las preocupaciones que antes habían dominado su mente de manera incansable, la muerte de su padre, la pena de su madre, la nueva película e, incluso, el imparable deseo de volver a ver a Isabel, desaparecieron cuando se dejó perder en los inocentes ojos que lo estaban mirando. El único pensamiento que lo consumía era que en el instante en que le había devuelto la mirada, supo que se había convertido en el feroz protector de esa preciosa e inocente vida que tenía entre sus brazos. Con mucho gusto, moriría antes de que se le hiciera el más mínimo daño a su hijo. Ante esa situación, Isabel no tenía más opción que volver a España con él y con su hijo. Leandro echaría por tierra cualquier argumento que ella utilizara en contra de esa elección. Él se saldría con la suya... tenía que salirse con la suya. Se lo debía no solo a sí mismo, sino también a la memoria de su amado padre que tanto había anhelado un milagro como el que Leandro tenía en sus brazos en ese mismo momento. Rafael... su precioso bebé...

–Deja que lo sostenga yo.

Isabel ya estaba en el salón, mirando a Leandro con aprensión y preocupación a medida que se iba acercando a él, que se mostraba ajeno a cualquier cosa que no fuera el precioso niño que sostenía.

–Yo puedo darle de comer.

Extendió la mano para tomar el biberón y sintió como si una bala cargada de irritación lo atravesara cuando ella pareció negarse.

–¿Es que crees que no puedo apañármelas con un bebé? Dame la leche y tú puedes irte a tomar un baño o a hacer lo que creas que te haga falta para descansar y relajarte.

Sorprendida al ver su aparente consideración por lo que ella pudiera o no necesitar, Isabel le entregó el biberón y observó cómo colocó la tetina en la diminuta y ansiosa boquita de Rafael, que no puso ninguna objeción a que fuera su padre, y no su madre, quien le diera de comer. Parecían sentirse cómodos el uno con el otro, como si estuvieran haciendo algo habitual, y no por primera vez... Isabel no podía negar la extraña mezcla de confusión y deleite generada en su interior por la enternecedora imagen.

–Estoy muerta de hambre e iba a preparar algo para cenar... Si no has cenado todavía, puedes acompañarme.

Pensó que probablemente rechazaría su invitación y que sería una idiotez sentirse rechazada por él, pero en ese momento por su cabeza no podía pasar nada sensato. No, cuando sus sentimientos por ese hombre estaban enredados con los miedos acerca del futuro de su hijo y del suyo propio.

–¿Cómo podría rechazar una invitación propuesta con tanto cariño? –respondió él con sorna.

Para su gran preocupación, Leandro la miró con la clase de mirada provocadora que podía hacerle a una mujer perder el habla y recordó lo receptiva que se había mostrado ante esas abrasadoras miradas aquella ocasión en la que acabó en la cama con él. Ese excitante e inolvidable acontecimiento que había tenido como consecuencia el adorable y dulce bebé que él ahora estaba meciendo en sus brazos.

—Solo tenía pensado hacer arroz, así que no te hagas demasiadas ilusiones. Primero daré de comer a Rafael, luego lo bañaré y lo meteré en la cama. Y después podremos comer y hablar... Siempre que no tengas prisa por ir a otro sitio.

—¿Crees que esta noche tendré prisa por irme a algún otro sitio, Isabel?

La sonrisa que se había marcado en sus labios y que había causado tanto tumulto se desvaneció y, en su lugar, la mirada que ahora le dirigía a Isabel estaba totalmente carente de humor. Inmediatamente, ella añoró esa sonrisa.

—Tenemos que hablar y comentar nuestros planes de futuro. No me iré a ninguna parte hasta que no lo hayamos dejado aclarado todo... y desde este mismo momento ya te aviso de que no aceptaré un «no» por respuesta en lo que respecta al hecho de que Rafael y tú vengáis a Madrid conmigo.

—No puedes decirme eso y esperar que yo...

—Me temo que sí que puedo... pero antes de que digas algo más, hay una cosa que tengo que preguntarte.

—¿Y qué es? —obligada a contener su enfado y sin gustarle ni un ápice, Isabel se cruzó de brazos y bulló de rabia por dentro.

—Se trata de tu familia... ¿saben que soy el padre de Rafael?

La pregunta la descolocó por completo. Para ella supuso una gran tristeza no poder compartir con nadie la identidad del padre de su hijo... ni siquiera con su madre. Cuando alguien le había expresado su admiración ante los impresionantes ojos de su precioso bebé, ¡cuántas veces había tenido que reprimirse las ganas de decir: «Sí, se parece mucho a su padre, Leandro Reyes. Él también es impresionante»!

Por supuesto, Emilia se había esforzado al máximo por intentar hacerle confesar la identidad del padre de Rafael, pero Isabel sabía el peligro potencial de darle esa información a una mujer tan ambiciosa como su hermana. Lo último que deseaba era un artículo insustancial sobre ellos tres en la revista de Emilia. Y en el muy improbable caso de que alguien hubiera comentado que Leandro Reyes podría perfectamente ser el padre del hijo de Isabel, Emilia habría sido la primera en negar algo tan inverosímil. Porque para Emilia, ella era la única hija bella y triunfadora de la familia que se codeaba con los ricos y famosos... no Isabel...

–No –respondió en voz alta–. Nadie lo sabe. Pensé que, dadas las circunstancias, lo mejor sería no contárselo.

¿No lo había contado tal vez porque para ella solo fue una noche sin importancia que había vivido mientras estaba alejada de su país? Este pensamiento era como la punta ardiendo de un atizador sobre la piel de Leandro. Pero, a continuación, pensó que tal vez Isabel no había hablado de él sencillamente porque era una persona famosa. ¿Acaso ella pensó que no la creerían o que, quizás, la habrían obligado a encontrarlo y a presionarlo para que se ocupara de ella? En otras palabras... ¿lo había estado protegiendo?

–¿Por qué? –le preguntó mientras acercaba a Rafael más hacia su pecho mostrando con ello el fuerte sentimiento de protección que lo inundaba–. ¿Te avergonzabas de lo que había pasado?

–¡No!

La pasión que se reflejó en su cara le aseguró a Leandro que estaba equivocado. Se recostó sobre el sofá, relajado, e incluso sonrió ligeramente.

–¿Entonces por qué? ¿Por qué no les dijiste que yo era el padre de Rafael?

–¿Por qué tendría que haberlo hecho? Soy adulta... y lo que yo haga es asunto mío, no suyo –Isabel no quería explicarle que cualquier decisión que ella tomara o cualquier cosa que hiciera casi siempre sería criticada por sus exigentes padres. Por ello, el hablarles de Leandro solo habría originado más desaprobación y, sinceramente, ¿qué persona inteligente y que se respetara a sí misma habría querido algo así? –suspiró y cruzó la habitación para colocar una de las fotografías que estaban sobre el alféizar de la ventana.

Aunque impaciente por más explicaciones, Leandro estaba muy a gusto observando sus llamativas curvas marcadas en unos vaqueros negros y en un ajustado jersey. Con su cabello a la altura de la espalda y el balanceo de sus caderas, era el tipo de mujer sexy cuya sugerente imagen interrumpiría el sueño de la mayoría de los hombres que la vieran. A pesar de notar la inevitable tensión que eso le estaba produciendo, Leandro intentó eliminar de su memoria el excitante recuerdo de aquella larga noche que habían pasado juntos en España, pero no fue lo suficientemente fuerte como para borrar completamente la imagen que lo estaba provocando.

–De todos modos... no quiero que nadie, excepto aquellos en quienes de verdad confío, sepan nada de mí. Y además, tú ya debes de tener bastante con estar en el ojo público, como para encima aparezcan en la prensa historias sobre un hijo ilegítimo tuyo.

Leandro sintió admiración por la obvia integridad de Isabel al querer proteger su intimidad y también la de él, pero se estremeció ante la repugnante idea de que a su hijo se le pudiera etiquetar como «ilegítimo» en los periódicos... ¡Si su padre, Vicente, levantara la cabeza! Lo que inmediatamente le recordó otro problema que tenía que ser resuelto. Ese mismo problema que había decidido reservar para el momento en el que tuvieran la oportunidad de hablar tranquilamente... Pero después del asunto del traslado de Isabel a España, ese era uno de prioridad.

–Pero me has dicho que intentaste ponerte en contacto conmigo al descubrir que estabas embarazada –alzó la vista para observarla mientras se volvía caminando hacia él. ¡Dios mío! ¡Era más cautivadora que cualquiera de las impresionantes estrellas de cine con las que había trabajado!

–Lo intenté en muchas ocasiones, Leandro... pero creo que tus empleados pensaron que era alguna especie de acosadora ¡o algo así! No anotaban mis mensajes y no respondieron a ninguna de mis cartas. Supongo que es normal cuando eres famoso y no sabes de quién te puedes fiar... pero resultó imposible hacerte saber que eras el padre de Rafael.

–Entonces –Leandro bajó la voz–, ¿pensabas que no me volverías a ver?

–¿Puedes culparme por pensar así? La mañana que nos despedimos, actuaste como si no hubiera pasado nada; pensaba que una vez que me hubiera ido, no te volverías a acordar de mí –su corazón volvió a llenarse de dolor al pensar que él pudiera no darle ninguna importancia a lo que habían compartido.

–No es verdad que no haya vuelto a pensar en ti. ¿Por qué si no crees que estoy aquí?

Isabel no le dijo lo que pensaba realmente; que él estaba buscando que se repitiera aquella noche. Estaba demasiado disgustada como para ni siquiera pronunciar esas palabras. Se giró para que él no viera sus lágrimas y se dirigió a la puerta.

–¿Puedes quedarte un ratito con el niño? Si te pesa mucho, puedes echarlo sobre el sofá.

Desapareció antes de que Leandro pudiera responder...

Cuando Rafael ya estaba durmiendo plácidamente después de su baño, sus padres se sentaron en la ordenada y limpia cocina de Isabel y se dispusieron a cenar sobre el mantel de encaje que ella había comprado en Santiago de Compostela. Isabel le lanzó una mirada furtiva al hombre que tenía sentado enfrente de ella. Había muchas cosas que deseaba hablar con Leandro, aparte del increíble hecho del hijo que compartían. Él era un hombre impresionante que desarrollaba un trabajo extraordinario en el arte cinematográfico y deseaba decirle lo mucho que le había gustado la película que él había dirigido, la misma que ella había visto con Chris la noche antes. Pero, aunque físicamente, la distancia que en ese preciso momento los separaba era pequeña, emocionalmente los alejaban kilómetro y kilómetros. Leandro Reyes era un ser desconocido para ella y, aunque no lo eran los sentimientos que tenía hacia él, deseaba encontrar un modo de salvar la enorme distancia que los separaba. Al parecer, él quedó prendido de su bebé en el acto, pero ¿sería eso suficiente para cimentar una relación entre él e Isabel? ¿Y era eso lo que Leandro de verdad quería?

Después de llamar su atención con su mirada y de que él le respondiera con una sonrisa irónica, Isabel suspiró y dejó su tenedor. El pobre hombre acababa de descubrir que ella no era, lo que se podía decir, una gran cocinera. Estaba claro que el plato que había cocinado era incomible. Pero ¿cómo se iba a concentrar en cocinar cuando el padre de su hijo, un hombre al que solo había visto en dos ocasiones, estaba sentado en su salón con su bebé en brazos como si él fuera el centro del universo?

—Lo siento... está bastante malo. No tienes que comértelo.

—No... Está bien. De todos modos, no tengo mucha hambre. Como los dos sabemos muy bien, no he venido aquí por la comida...

Ella sabía que se estaba refiriendo al bebé, pero su mirada fue tan intensa que parecía que de un momento a otro fuera a saltar y a tocarla; así que echó su silla hacia atrás y se levantó. Se dirigió hacia la limpia encimera de granito que había junto a la nevera, descorchó una botella de vino y sirvió una generosa copa para Leandro, y otra más pequeña para ella. Llevó las copas a la mesa, se volvió a sentar y sonrió nerviosa.

–Puede que esto le quite el mal sabor –bromeó Isabel, que levantó la copa y le dio un sorbo.

El alcohol actuó como un embriagador cóctel para su ya alterado sistema nervioso, pero se dijo a sí misma que necesitaba algún tipo de impulso que la ayudara a enfrentarse a la conversación que se iba a suceder de un momento a otro.

–¿Isabel?

–¿Sí?

–No perdamos más el tiempo con trivialidades. Tenemos que hablar muy seriamente.

–Sí, ya lo sé.

No lo miraría a los ojos, eso es lo que se había prometido a sí misma. Leandro Reyes estaba dotado del tipo de ojos que le podía robar el alma a una mujer y hechizarla para siempre y ella necesitaba mantenerse firme y centrada... no solo por su propio bien, sino también por el de Rafael.

–¿Entiendes que vas a tener que aceptar casarte conmigo? –dijo él autoritariamente antes de recostarse en la silla y suspirar–. Lo entiendes, ¿verdad?

Capítulo 7

SE quedó tan impactada por la proposición que, por un momento, todo lo que pudo hacer fue quedarse mirando a Leandro mientras intentaba que su cerebro asimilara lo que acababa de oír. ¿Estaba de broma? No. No había ningún rastro de sonrisa en su boca, ni un reflejo de humor en su mirada. Isabel no tuvo más remedio que asumir que Leandro había hablado completamente en serio.

—¡Pero yo no quiero casarme! —dijo agitada.

Leandro se levantó y, aunque su rostro no lo reflejaba, su corazón le había dado un vuelco como protesta por el rechazo de su proposición. ¿Ella estaba en contra del matrimonio, en general, o únicamente estaba en contra de casarse con él? Durante un momento, ese último pensamiento hizo que su sangre bullera de furia. Él no exageraba al pensar que la mayoría de las mujeres que había conocido lo consideraban un buen partido. Pero, al parecer, Isabel no era de la misma opinión. Cuando el día anterior había descubierto que había tenido un bebé suyo, automáticamente había pensado que debía casarse con ella y ese seguía siendo su propósito. Se puso en el lugar de Rafael y pensó que a él, como niño, no le gustaría la idea de que sus padres vivieran separados. Leandro había visto los efectos de la separación en mucho de los hijos de sus amigos y eso le parecía suficiente como para no considerar esa posibilidad en lo que respectaba a su familia.

–Tenemos que pensar en el niño –insistió–. Por el bien de Rafael, lo correcto es que él tenga una madre y un padre casados, y no que viva solo con uno de los dos. Quedarnos en Inglaterra no es una buena opción para mí, ya que la mayor parte de mi trabajo se desarrolla en España. Sencillamente, no es práctico que vivamos aquí. La otra consideración a tener en cuenta es que mi familia vive en Madrid... igual que yo. Cuando se enteren de la existencia de Rafael, lo querrán tener cerca para poder verlo regularmente.

–¿Y qué pasa con mi familia?

–Por lo que me has contado, me has hecho entender que no estáis muy unidos –se encogió de hombros en un claro gesto de arrogancia e ignoró el comentario de Isabel.

Ella tenía una hermana prepotente que la había convencido en contra de su voluntad para que lo encontrara y le sonsacara una entrevista, y unos padres que no parecían ser demasiados cariñosos ni comprensivos con ella. Unos padres a los que no les había salido del corazón ayudar a su hija a cuidar de su bebé no merecían que se los tomara en cuenta; al menos, esa era la opinión de Leandro. Es más, le desagradaba la idea de que su hijo creciera rodeado de unas personas tan distantes y frías.

El color carmesí que se extendió por las mejillas de Isabel habló por sí solo, pero él no permitiría dejarse influir por esa reacción de disgusto que le había provocado con su sinceridad. En ese mismo momento, lo único que le interesaba era persuadirla para que Rafael y ella se fueran a vivir con él a España. Y en lo que respectaba al futuro de su relación con Isabel, bueno... Leandro se mantendría inflexible ante la decisión que ya había tomado y tendrían que casarse, por el bien de Rafael.

—Y además de eso, has olvidado que aquí tengo mi trabajo. Un trabajo que de verdad me gusta —añadió ella.

—¿El trabajo del que me estás hablando es ese del que, según me contaste en España, te habías cansado?

El sarcasmo en su tono intensificó el rubor de Isabel.

—¡Cuando volví de España comencé a verlo de otra manera y me volví a ilusionar con él!

—Y... ¿te pagan bien en este trabajo en el que, de pronto, estás deseando quedarte?

—¡Eso a ti no te importa!

—Si me lo permites, no estoy de acuerdo en ese punto. Me importa, y mucho, ya que eso repercute en el bienestar de mi hijo.

—Nos va bien... y mi abuelo me dejó esta casa, así que, por lo menos, no tengo ninguna hipoteca que pagar. Además, he estado trabajando mucho para conseguir un ascenso y eso me supondrá un aumento de sueldo; por eso, económicamente, todo nos irá mejor.

—Lo siento, pero eso no me tranquiliza, Isabel. Si te estás esforzando tanto para poder vivir con un único sueldo, ¡entonces es obvio que las cosas no te van tan bien! Y, a menos que después de ese esperado ascenso te paguen el doble de lo que ganas ahora, entonces, en mi opinión, tendrás que seguir esforzándote mucho y pasando apuros para conseguir un nivel de vida decente. Sencillamente, no hay ninguna buena razón para que os quedéis aquí en Inglaterra, cuando Rafael y tú podéis vivir muy bien conmigo en España. Además, ¿no comprendes que allí tendrás un trabajo con el que de verdad disfrutarás?

Con una sonrisa, Leandro acortó la distancia entre Isabel y él; su irritación previa se había transformado en una necesidad imperiosa de intimidad tan penetrante que por un momento dejó completamente de lado su resentimiento. El fascinante aroma de Isabel pendía del aire con una hipnótica dulzura y esos ojos inquietantemente oscuros con sus exuberantes pestañas color ébano lo cautivaron más que cualquiera de las bellezas con las que había trabajado en sus películas.

–Podrás estar con Rafael en casa todo el tiempo y cuando quieras tomarte un respiro mi madre y mis tías te ayudarán sin dudarlo. Allí no tendrás que hacer malabarismos para compatibilizar el trabajo en la biblioteca con el cuidado del niño, como estás haciendo ahora, y además tendrás más tiempo libre para hacer otras cosas que te interesen. Por cierto, ¿qué tal va tu libro sobre el Camino? ¿Te queda poco para terminarlo?

Era difícil pensar en una respuesta cuando lo tenía tan cerca de ella. Y, además, Isabel todavía estaba intentando asimilar la impactante propuesta de la boda. Ese era Leandro Reyes, se recordó a sí misma, un director mundialmente reconocido y todavía más admirado por muchas... Lo suyo no había sido una simple aventura amorosa con un guapo desconocido. La noche que había pasado con él en Vigo había tenido unas repercusiones de gran alcance que ya le habían cambiado la vida y que, al parecer, amenazaban con cambiarla todavía más. Podría estar exponiendo su vida a la opinión pública... especialmente si accedía a casarse con él. Siendo como era una persona que quería salvaguardar su intimidad todo lo posible, la idea de estar tan expuesta le repugnaba. Se echó el pelo hacia atrás y se obligó a enfrentarse a la viva mirada que tanto la estaba encandilando sin compasión.

–Todavía me queda mucho. La verdad es que no he podido sacar el tiempo necesario... Pero sí que quiero terminarlo. Pienso en ello a menudo.

Era cierto. Isabel pensaba mucho sobre las semanas que había recorrido el Camino y en lo que aquello había significado para ella, como persona. Además del desafío físico y de la profunda transformación personal, sus sentidos se habían deleitado con todos los lugares y sonidos que la habían recibido en aquella parte de España. La arquitectura, la historia, los paisajes salvajes y la increíble gente con la que se había encontrado permanecerían con ella para siempre. Y toda esa gente, sus compañeros peregrinos, sin excepción, la aceptaron tal y como ella era. No la habían juzgado ni esperado nada de ella; sencillamente, entre ellos había existido amistad y compañerismo, nada más... lo cual había sido un alivio. Al provenir de una familia como la suya, ante la que siempre había tenido que ceder, recorrer el Camino la había ayudado a recuperar la consciencia de sí misma.

Desde su regreso, se había prometido no ceder ante los deseos de nadie nunca más. Pero sobre todo... lo que más había recordado una y otra vez había sido ese inolvidable encuentro con Leandro y la mágica noche que habían compartido, primero en el pequeño bar del señor Várez y luego en la habitación de un lujoso hotel. El inmóvil aire los había bañado en un sofocante calor y su único acompañamiento había sido la música de la lluvia que los había mirado a través de las ventanas. Juntos habían hecho de aquella noche un fascinante sueño... Conocer a Leandro lo había cambiado todo para Isabel. Por un lado, después de estar con él había descubierto que ya no podría entregarle su corazón a otro hombre y, por otro, él le había regalado un hijo precioso. Nadie la podría convencer jamás de que en todo ello no había habido una intervención divina.

—Entonces lo terminarás cuando vayas a España, ¿no? —el tacto de sus cálidos dedos rozando su barbilla la hizo estremecerse de excitación y quedarse sin respiración mientras un calor la iba invadiendo de manera embriagadora—. Nunca menosprecies la importancia del arte —afirmó él con voz ronca—. Es el secreto para no perder nuestra cordura en este mundo. Pero te será más fácil pensar en esto cuando estés en casa y no tengas que salir para ir a trabajar.

A pesar de que las alentadoras palabras sobre el arte, en su caso, el arte de escribir, le sonaron a música celestial, la tácita implicación en las palabras de Leandro le indicaron a Isabel que él ya había dado por hecho que ella había aceptado el vivir en España con él, pero lo cierto era que en absoluto había tomado esa decisión todavía. Sus palabras hicieron que se asustara un poco. Especialmente al pensar que él estaba únicamente haciéndole todas esas preguntas e interesándose por su vida dado el sentido de responsabilidad que había adquirido hacia Rafael. Tal vez ella era la única que había sentido una profunda conexión entre ambos. No sabía lo que Leandro realmente sentía por ella. Y no podía evitar preguntarse si él solo había ido a buscarla porque se encontraba en Londres de casualidad y, tal vez, había visto una posible oportunidad de otro ardiente encuentro con ella. Ahora, por su hijo, él tenía que cargar con una mujer hacia la que tenía sentimientos puramente sexuales. El dolor y la decepción la invadieron al pensar que no podría siquiera considerar la posibilidad del matrimonio con un hombre que no la amaba.

—Lo siento, Leandro, pero ¡estoy abrumada por lo que pretendes que haga! Primero, insistes en que me mude a España contigo inmediatamente y después, me dices que ¡tenemos que casarnos! Dices que es por el bien de Rafael, pero ¿cómo puedes estar seguro de que esa va a ser la mejor solución? Tal vez lo mejor para él sea que viva aquí conmigo y que tú lo veas siempre que vengas a Inglaterra. Él está feliz en su guardería. La directora es una de mis mejores amigas y sé que se asegura de que él reciba el mejor de los cuidados. Y en cuanto a nosotros... pasamos juntos una noche y me quedé embarazada. Eso no significa que pudiéramos hacer funcionar un matrimonio o que vayamos a ser mejores padres si estamos juntos. Lo que yo creo es que los dos necesitamos más tiempo para pensar en esto... para encontrar la mejor solución. ¿No te parece?

Su explicación no provocó la reacción positiva que ella había esperado. Para su sorpresa, Leandro repentinamente se dio la vuelta y se alejó de ella, pero no antes de que Isabel pudiera contemplar nerviosa la furia y la impaciencia que chispeaban en sus ojos.

—¡No puedo darte más tiempo! —dijo y se giró de nuevo hacia ella—. ¿Es que no me has escuchado? Ya te he dicho que tengo que volver a Madrid en tres días. Nadie puede sustituirme cuando yo no estoy... Tengo un reparto y un equipo que esperan mi regreso según lo planeado para comenzar a grabar esta película... y no hablemos de los patrocinadores, que han invertido tanto dinero... Así que, como ves, Isabel, no puedo esperar a que te decidas. ¡Rafael también es mi hijo y quiero la custodia compartida! Ya ha sido bastante negativo para mí perderme sus nueve primeros meses de vida; perderme un día más de esa vida me resulta inconcebible ahora que lo he visto y que lo he tenido en mis brazos. ¿Es que no puedes entenderlo?

Además de furioso por el modo en que ella parecía interponerse en sus deseos, la cólera bullía en su interior por el hecho de que no le hubieran comunicado ninguno de los mensajes que Isabel le había dejado en su intento de localizarlo y darle la noticia de su embarazo. Cuando volviera a Madrid, investigaría quién había atendido esas llamadas telefónicas y le haría saber su enfado a las personas responsables. La excesiva protección de su privacidad le había impedido saber de su hijo, además de negarle la oportunidad única de presenciar el milagro de su nacimiento, y eso no era algo que pudiera perdonar fácilmente...

–Por supuesto que puedo entender que quieras estar con tu hijo, Leandro, pero a veces no es posible tener lo que deseamos al instante. En ocasiones, se necesita algo de planificación y hay que saber esperar.

–¡Dios mío! –exclamó en español–. ¡Pones a prueba mi paciencia, Isabel!

Su candente ira la hirió en lo más hondo. Se sintió completamente abatida.

–No tienes ni idea de lo que significa para mí descubrir que tengo un hijo... ¡ni idea! Ya ha sido demasiado castigo no haber sabido de su existencia hasta ayer. No me castigues más manteniéndolo alejado de mí otra vez.

Al oír su voz cargada de angustia y aflicción, el corazón de Isabel se resintió. Sintió una necesidad instintiva de abrazarlo, de decirle que comprendía su anhelo de querer estar con su hijo... pero, ante el temor de que él pudiera rechazar su gesto cuando el ambiente que los rodeaba estaba tan cargado de tensión, se quedó de pie donde estaba, con los brazos agachados.

–Mi padre ha muerto.

–¿Qué?

Isabel contuvo el aliento ante el impacto y la sorpresa. Vio a Leandro levantar su mano para pasarla sobre su pelo, pero se detuvo y negó con la cabeza, como si solo pronunciar esas palabras le hubiera provocado un insoportable dolor.

–¿Cuándo? –le preguntó ella–. ¿Cuándo ha ocurrido?

–No mucho después de que nos despidiéramos en Vigo. Un conductor borracho lo destrozó... Esa es otra razón por la que necesito estar con mi hijo.

Al notar que él no quería entrar en detalles, Isabel sintió compasión por él. Ahora entendía por qué pedía de eso modo vociferante que fueran a España con él. Si había perdido a su padre recientemente... y de esa forma tan impactante y brutal... debía de ser aún más importante para él tener un vínculo estrecho con su hijo.

–Lo siento mucho, Leandro –se acercó a él para acariciarlo.

Isabel sentía la necesidad de mostrarle lo mucho que la había conmovido su confesión, pero él dio un paso atrás, como si se hubiera arrepentido de haber compartido todos esos sentimientos con ella. Su mirada relucía con un brillo feroz.

–¡No necesito tu compasión, Isabel! –dijo con un tono despiadado–. ¡Lo único que necesito es que Rafael y tú vengáis a España!

En un principio, Leandro no había querido contarle a Isabel lo que le había ocurrido a su padre, pero la emoción de la situación en la que se encontraba le había arrancado la información. Lo único que esperaba era poder confiar en que ella no se lo contara a nadie. Protegía fieramente la estrecha relación que había mantenido con su padre, y mucho más desde que él se había ido. Las razones que tenía para que Isabel se mudara a España con él eran imperiosas. Quería a Rafael con él... quería a su hijo. Ahora que lo había visto, no podía marcharse sin él. Se lo debía a Vicente; tenía que ser un buen padre para su nieto, del mismo modo que Vicente había sido un buen padre para Leandro. Lo que no podía permitir era que las dudas de Isabel enturbiaran sus planes.

–Leandro, la felicidad y el bienestar de Rafael lo son todo para mí y no quiero hacer nada que ponga eso en peligro. Si nos vamos a vivir a España contigo, necesito estar segura de que estoy haciendo lo correcto para mi hijo... necesito saber que no me arrepentiré.

–Ponte en mi lugar... soy un hombre que hasta ayer no supo que había sido padre y me enteré nueves meses después de que mi hijo hubiera nacido... Si te pones en mi lugar, entenderás mi insistencia en que vengáis conmigo.

Y sin más palabras, la dejó sola en la cocina; su expresión al pasar junto a ella, una mezcla de ira y de dolor, hizo que Isabel se sintiera como si le hubiera hecho el daño más espantoso del mundo, un daño que tal vez jamás podría reparar...

Leandro terminó de hablar con su madre y, con mano temblorosa, colgó el auricular. Después de recuperarse de la sorpresa y del impacto inicial, Constanza Reyes se había puesto contentísima al saber que su hijo había sido padre y que llevaría a su hijo a casa al día siguiente. Había reído y llorado de alegría, además de prometer rezar a todos los santos a modo de agradecimiento, ya que la terrible depresión que la había estado invadiendo desde la muerte de su esposo parecía haber desaparecido milagrosamente. Leandro se sentía inmensamente agradecido por una bendición así, pero, por alguna extraña razón, la conversación lo había dejado algo taciturno en lugar de completamente feliz. Había perdido a su padre y ganado un hijo, pero las relaciones con la madre del niño estaban sometidas a una lamentable tensión. No había podido sacar a Isabel de su cabeza desde que se había marchado de su casa la noche anterior, del mismo modo que la había tenido constantemente presente durante los últimos dieciocho meses, y necesitaba saber cómo hacer para que la relación entre ellos fuera más propicia.

¿Se equivocaba tanto al esperar que ella dejara su vida en Inglaterra y la rehiciera con Rafael y él en España? Después del tiempo que habían pasado juntos en el puerto de Vigo aquella primavera, Leandro no pensaba que él hubiera imaginado la conexión tan poderosa que se había creado entre los dos. Al dejar marchar a Isabel sin darle siquiera su número de móvil, había tenido muchas razones para lamentarlo. Y todo ese tiempo después de que ella se hubiera marchado, había estado embarazada de su hijo y él no lo había sabido... El arrepentimiento y el dolor se apoderaron de él cuando se detuvo a pensar cómo había salido adelante sola y lo traicionada que debió de haberse sentido cuando la gente que trabajaba en la productora ni siquiera le había comunicado sus mensajes. No le extrañaría que, dadas las circunstancias, algún vestigio de afecto que pudiera haberle quedado después de su noche de amor juntos se hubiera borrado completamente.

No podía evitar desear la constante atención de Isabel; era como una droga que no podía dejar. La noche anterior había dormido poco. ¿Cómo podía dormir cuando lo asediaban fantasías y ensoñaciones de una mujer que personificaba la perfección femenina? Los provocativos pero delicados besos que él había recibido de sus deliciosos labios en aquella habitación de hotel dieciocho meses atrás y el recuerdo de los discretos pero excitantes sonidos que ella había producido mientras hacían el amor le atormentaban de manera seductora, incluso bajo la fría luz de la mañana.

Con impaciencia, se levantó ya que, una vez más, el abrasador calor que inundaba su cuerpo con solo pensar en Isabel hacía imposible que pudiera quedarse sentado o relajado. Mientras su mirada tensa y absorta se paseaba por la habitación que el ama de llaves de su amigo había limpiado y ordenado temprano esa mañana, mientras él había estado trabajando, tuvo que consolarse con el hecho de que, al menos, al día siguiente tendría la oportunidad de estar a solas con Rafael e Isabel en su propia casa. Y cuando su bebé ya hubiera cenado y estuviera durmiendo, él no perdería ni un momento en hacer que la relación que mantenía con su bella compañera fuera más dulce y agradable que la que estaban manteniendo en esos momentos. Además, al vivir con él y compartir algunas de las ventajas materiales y culturales de su mundo y ver lo mucho que ese ambiente podría beneficiar a su hijo, Isabel pronto olvidaría su preocupación de poder estar poniendo en peligro la felicidad de Rafael y acabaría accediendo a convertirse en la esposa de Leandro...

Capítulo 8

LEGARON a la casa de Leandro en Madrid un poco antes del anochecer. Al no conocer sus gustos personales, Isabel quedó asombrada por la tranquila y sencilla belleza de la finca de piedra situada en un maravilloso entorno rural, lejos del centro de la ciudad. El edificio brillaba bajo la debilitada luz del día y cuando se estaban aproximando a la casa en el coche que Leandro había dejado en el aeropuerto para su regreso, las luces exteriores se encendieron automáticamente a su paso. Casi de inmediato hubo algo en ese lugar que tocó la fibra sensible de Isabel. Una inexplicable sensación de sentirse como en casa, a pesar de que se decía a sí misma que estaba siendo ridícula y estúpida, además de demasiado optimista. Deliberadamente, alejó de sí ese sentimiento.

El frío aire de la noche le provocó un ligero escalofrío cuando bajó del coche y sus sentidos quedaron inmediatamente cautivados por el rico aroma resinoso de la tierra. Amaba esa tierra. Había crecido amándola porque su maravilloso abuelo le había contado tantas historias sobre su tierra natal que casi le había hecho sentir nostalgia a Isabel mientras vivía en Inglaterra. Por eso siempre había deseado recorrer el Camino. De algún modo, emprender ese peregrinaje la había acercado todavía más al espíritu de su abuelo y a la tierra, además de mostrarle el camino para averiguar cuál era el auténtico deseo de su corazón.

Al lanzarle una rápida y codiciosa mirada a Leandro mientras este se dirigía al maletero, Isabel reflexionó que tal vez, después de todo, no le había costado tanto tomar la decisión de trasladarse a España.

—¿Está dormido?

—Sí... ni siquiera opuso resistencia. Supongo que el viaje en avión y el trayecto hasta aquí lo han dejado agotado.

—Sí... tienes razón.

Al apreciar en su mirada un temor que no podía esconder, Leandro se preguntó cómo habría visto Isabel el hecho de que la hubiera instalado en el dormitorio principal, en la cama donde, por lo general, él dormía solo. Tarde o temprano se convertirían en marido y mujer... y él no le vio sentido a retrasar lo inevitable instalándola en una habitación para ella sola. Especialmente cuando ya había esperado dieciocho meses para experimentar de nuevo la ardiente sensación de tener su cuerpo junto al suyo.

Leandro había situado la cuna de viaje de Rafael junto al lado de la cama de Isabel hasta que Constanza, su madre, les llevara la preciosa cuna tallada en la que él había dormido de bebé. Eso era todo lo que había podido hacer para disuadir a su madre de que no fuera a visitarlos esa misma noche, como ella había querido, ansiosa por ver a su nieto. Pero Leandro había podido convencerla de que lo dejara para el día siguiente cuando Rafael e Isabel estuvieran más descansados después del viaje desde Londres.

—Pareces cansada. ¿Por qué no vienes y te sientas? Estás en tu casa —sugirió él con una mirada aparentemente fría que escondía el clamor de los sentidos excitados en su interior por la visión de la provocadora belleza de Isabel.

Con una simple camisa de lino blanca, unos vaqueros, su pelo azabache suelto y sus atractivos pies descalzos, le habría disparado el pulso al más impávido de los hombres. Si él tuviera que apuntarla con una cámara de vídeo, Leandro no tenía la menor duda de que ese mismo cautivador atractivo traspasaría al público si ella apareciera en la pantalla. Conocía el mundo en el que trabajaba demasiado bien como para saber que tenía toda la razón en su apreciación.

Estudiándola en silencio mientras ella se movía por la habitación para sentarse en un sofá cubierto con un colorido mantón andaluz, él pudo entender por qué la mayoría de la gente asumiría de manera natural que ella era española... era una señorita de ojos negros llena de embrujo y duende.

—Esta habitación es genial —comentó ella mientras contemplaba deleitada lo que la rodeaba.

Los sentidos de Isabel estaban cautivados por los casi impactantes vivos colores que llenaban la habitación. Desde las paredes pintadas del rosa de un algodón de azúcar hasta las sillas y sofás en los tonos del arco iris, pasando por las alfombras indias que cubrían el suelo de piedra. Todo ello era fruto de la desmedida creación de un artista. Incluso en el hipotético caso de que nunca saliera de la casa y no pudiera ver dónde se encontraban, Isabel instintivamente sabría que estaba bajo el hechizo de alguien cuya alma estaba sumida en la cultura y paisajes de esa maravillosa tierra. Incluso los libros que abarrotaban las estanterías de Leandro tenían unos lomos llamativos y brillantes que le hacían desear examinarlos más de cerca para ver los tesoros que sus desgastadas páginas escondían. El resultado de ese espectacular uso del color y de los materiales era un apasionado y seductor espíritu que parecía extenderse por todas partes. Y, al extenderse por todas partes, también agitó la sangre de Isabel haciéndola sentirse extremadamente sensible ante prácticamente cada uno de los detalles referentes a ese extraordinario hombre; el mismo hombre que era el causante de que ella se encontrara allí y cuya firme y dominante mirada la atraía como si fuera un imán.

—Me alegra que te guste, Isabel. Esta es mi casa preferida y aquí es donde estaremos la mayor parte del tiempo.

—¿Preferida?

—Tengo otra casa en Pontevedra y otra en París, donde nos quedaremos a veces. Pero Madrid es mi lugar de residencia porque siempre intento que la mayor parte de mi trabajo se desarrolle aquí. ¿Te apetece beber algo? ¿Vino o un zumo, tal vez? Cenaremos un poco más tarde. En España estamos acostumbrados a cenar tarde... a veces, incluso a las once. ¿Te supondrá eso algún problema?

—En absoluto. Ya comí en el avión y, de todas formas, no tengo hambre. Tampoco me apetece beber nada, gracias.

Solo la breve mención de su trabajo hizo que Isabel deseara saber más. ¡Cómo le gustaría que él le hablara libremente sobre lo que le inspiraba o le emocionaba...! ¿Qué tipo de guiones prefería dirigir? Sin ser consciente de ello, despertó en Leandro una insinuante sonrisa que le recordó el hecho de que esa noche iba a compartir la cama con ese enigmático hombre del que todo el mundo quería saber. Pero, a pesar de que Isabel había estado ansiando su presencia, en especial, desde el nacimiento de Rafael, no sabía si estaba preparada para una relación íntima con él. Estaba confundida. Todavía le dolía recordar cómo la habían tratado cuando llamaba a su oficina para contactar con él y la habían considerado una más entre tantas. ¿Podía confiar en un hombre que parecía llevar sus relaciones con las mujeres tan a la ligera? Posiblemente fuera un buen padre para Rafael, pero ¿podría ser el marido fiel con el que Isabel siempre había soñado?

Como si hubiera intuido sus pensamientos, Leandro se acercó a ella y la miró fijamente.

–¿Sabes que esta noche vamos a dormir juntos?

A Isabel se le erizó el vello de la nuca.

–Ya me he dado cuenta –respondió en voz baja. Sabía que no le gustaría lo que iba a decirle, pero tenía que hacerlo–. Pero, para ser sincera... no creo que sea una buena idea.

–¿Por qué no? –inmediatamente, sus ojos se encendieron de rabia.

–Porque ha pasado mucho tiempo desde que estuvimos juntos y no creo que esté preparada para lanzarme a una relación íntima.

–Entonces, ¿qué intentas decirme, Isabel? ¿Que pretendes vivir como una monja mientras vivimos bajo el mismo techo?

–Necesito más tiempo... para pensar en ello.

–¡Dios! –exclamó en español–. ¿Por qué lo estás poniendo todo tan difícil? –montó en cólera.

Isabel se estremeció.

–No lo estoy haciendo deliberadamente –respondió enfadada–. Hice lo que me pediste, Leandro... ¡nuestro hijo y yo nos hemos venido a vivir aquí contigo! ¿No crees que ya es suficiente cambio por el momento? ¡Ahora mismo mis sentimientos no son muy claros! ¡Necesito tiempo para llegar a comprender cómo me siento y lo que menos necesito es que tú me estés presionando para que me acueste contigo!

–¡No!

–¿Qué quieres decir con «no»? –pudo oír los fuertes latidos de su corazón en el momento en que Leandro la agarró por la muñeca. Su mano parecía una cinta de hierro rodeando su muñeca y antes de que pudiera pensar qué hacer, él tiró de ella y la puso de pie.

–Llevo mucho tiempo deseando esto y no me voy a reprimir más –dijo antes de acercar sus labios a los de Isabel de un modo tan ardiente que casi resultó violento.

«¡Sí, sí!», gritó Isabel para sus adentros al sentir una sacudida de puro deseo surcando sus venas. «Ha pasado demasiado tiempo... demasiado». El beso de Leandro estaba cargado de la vida y la pasión que habían despertado la creación de esa habitación decorada con tanto descaro, y fue muy difícil resistirse cuando necesitaba más ese beso que respirar. Pero la posibilidad de que Leandro pudiera estar simplemente utilizándola para satisfacer sus necesidades más viles se apoderó de su mente y ese pensa-

miento no deseado fue como la serpiente del paraí-
so. No dejó de tentarla hasta que al final tuvo que
actuar. Apartó su boca de la de él y apretó sus codos
contra su pecho para liberarse de su abrazo.

–¡Te he dicho que necesitaba tiempo! ¿Por qué
no me has escuchado?

Tenía sus oscuros ojos empañados en lágrimas y
Leandro, todavía cubierto por la ola de excitación y deseo que se propagaba por su cuerpo, se pasó la palma
de su mano sobre la boca, donde todavía perduraba el
sabor de Isabel como un sensual azúcar que le tentaba
y frustraba. Por el modo en que el cuerpo de Isabel había temblado al contacto con el suyo, él supo que le habían agradado los besos, y por eso no podía entender
por qué había frenado ese momento de unión entre los
dos. Él ya le había dicho que quería casarse con ella,
así que ¿por qué se mostraba tan reticente? Deseaba
que ella fuera más sincera con él porque inmediatamente ese gesto desencadenó un sentimiento de desconfianza en su interior; temía que ella pudiera tener
algún otro motivo para mantenerlo alejado de su cama.
Después de haber experimentado la manipulación y la
hipocresía de algunas mujeres, Leandro se mostraba
reacio a la idea de volver a vivir esa situación.

–Te estoy escuchando, Isabel, pero, por desgracia, ¡no entiendo nada! No has estado con nadie más
desde que estuvimos juntos, según me has dicho, y
¡has dado a luz a mi hijo! Está claro que existe una
fuerte conexión entre nosotros, así que ¿cuál es el
problema?

¿Cómo podía decirle que no se fiaba de sus in-
tenciones porque no pensaba que él la amara?

–Estoy muy cansada. Creo que iré a echarme un
rato.

—Estás en todo tu derecho de irte, pero ¡no pienses que así vas a eludir tu problema! ¡Ve acostumbrándote a la idea de que esta noche vamos a dormir en la misma cama! Mientras estés descansando voy a hacer algunas llamadas y a ponerme al día con el trabajo atrasado. Mi ama de llaves ha dejado comida en la cocina, así que sírvete tú misma cuando tengas hambre. No me esperes; ya cenaré yo cuando haya terminado —se detuvo y fijó su mirada en la boca de Isabel durante un largo e inquietante momento—. Tienes toda la casa a tu entera disposición. Puedes ojear lo que quieras para familiarizarte con todo. Te veré en nuestra habitación más tarde... es una promesa —muy a su pesar, Leandro se retiró sintiendo una innegable frustración por el hecho de que, una vez, estuvieran en desacuerdo. No era en absoluto un buen comienzo para su renovada relación.

—¿Leandro?

—¿Sí?

—¿Qué haré mañana cuando te vayas a trabajar? —todavía resentida e indignada por su dictatorial comportamiento hacia ella, Isabel se cruzó de brazos.

—Podrás hacer lo que quieras, Isabel. ¿Por qué no trabajas en tu libro? Hay un coche a tu disposición, para cuando te apetezca salir... Lo dejaré fuera, en la entrada, y las llaves estarán en el tocador de nuestro dormitorio. También te dejaré un mapa en la guantera, para que no te pierdas. De todos modos, te pediría que esperaras un poco antes de salir porque mi madre, Constanza, os vendrá a visitar a Rafael y a ti mañana a primera hora.

—Pero ¿tú no estarás aquí cuando ella venga? —

su corazón se aceleró de temor ante la idea de reunirse con su madre sin que él las hubiera presentado.

—Lo siento... —dijo encogiéndose de hombros—, pero mañana es el primer día de rodaje y no tengo ni idea de a qué hora volveré a casa.

Leandro metió la mano en el bolsillo trasero de sus vaqueros y sacó unos billetes.

—Toma algo de dinero para que compres todo lo que Rafael y tú necesitéis. Por favor, acéptalo... es tuyo.

—¡No quiero tu dinero!

Sus oscuros ojos se encendieron ante la humillación de que Leandro le estuviera ofreciendo dinero... como si ella fuera una indigente. Era cierto que no era rica, pero ¡no se había marchado a España arruinada!

—Isabel —dijo él muy serio—, eres la madre de mi hijo y pronto serás mi esposa. No actúes como si estuviera teniendo caridad contigo. De ahora en adelante, mi dinero es también el tuyo y tanto tú como nuestro hijo tenéis que tener todo lo que necesitéis sin pedírmelo siquiera. ¿Te queda claro?

—Leandro —respondió ella con voz entrecortada e ignorando el dinero en la mano extendida de Leandro—, es demasiado pronto para hablar de acuerdos económicos cuando todavía nos queda tanto por solucionar. Además, el asunto del matrimonio es algo que todavía tenemos que discutir.

—¡Ya basta! Ha sido un día muy largo y también muy tenso para los dos —puso el dinero sobre una silla y suspiró—. No es momento de discutir por esto. Ve a descansar; yo estaré en mi despacho.

Y antes de que Isabel pudiera siquiera pensar en

insistir sobre ese punto, Leandro se marchó repentinamente.

Al vigilar a Rafael por enésima vez desde que había vuelto a su habitación, Isabel contempló con profunda satisfacción maternal que su hijo continuaba durmiendo plácidamente en su cuna junto a su cama. Tomó la novela que había estado leyendo, colocó el marcador de páginas y la cerró. En lugar de leer, se recostó sobre las almohadas perfumadas y de un blanco inmaculado y liberó un suspiro que parecía emanar desde su misma alma. Era casi pasada la medianoche y todavía no había vuelto ni a ver ni a oír a Leandro. El suspiro de Isabel se acabó transformando en un bostezo. Había sido un día largo y no sabía cuánto más duraría en el momento en que Leandro se metiera en la cama con ella. A pesar de haber perdido los estribos en un principio reclamando más tiempo para asimilar sus sentimientos, el pensar en la presencia de Leandro provocó que un escalofrío de deseo se disparara por su torrente sanguíneo e inmediatamente deseó con todo su corazón que él no tuviera que marcharse a trabajar al día siguiente.

¿Y cómo iba a enfrentarse al encuentro con su madre sin que él estuviera allí? ¿Qué se le debía de estar pasando a esa mujer por la cabeza ante la situación de ver a Isabel, la madre del bebé de su hijo y con la que este decía que iba a casarse, por primera vez?

Se sintió mareada solo de pensar en convertirse en la señora de Leandro Reyes y dejó el libro a un lado. Se colocó la almohada detrás de la cabeza y apagó la pequeña y exótica lámpara de bronce que brillaba a su lado. Arropada por la oscuridad y por el relajante silencio que reinaba en la habitación, se dispuso a cerrar los ojos... aunque volvió a abrirlos un minuto más tarde cuando una insistente visión de su querido abuelo comenzó a flotar en su mente y le preguntó:

–¿De verdad lo quieres, Isabel? ¿Y él te quiere a ti?

–Sí, abuelo –susurró Isabel en la oscuridad mientras se arropaba más con el edredón–. Sí que lo quiero... pero no me convertiré en su esposa a menos que esté segura de que él también me quiere a mí...

Debido a un aluvión de llamadas que requerían de su atención para solucionar, antes de comenzar a rodar a la mañana siguiente, una interminable lista de problemas que habían surgido, Leandro, muy a su pesar, no volvió a su habitación esa noche. Por el contrario, cuando el alba comenzó a disipar la oscuridad de la noche, se levantó del escritorio, se echó sobre el colorido sofá forrado de cojines que solía utilizar cuando se quedaba trabajando por la noche y cerró los ojos cuarenta minutos antes de volver a levantarse y darse una ducha.

Cuando entró en silencio en la habitación y se acercó sigilosamente hasta el lado de la cama de Isabel para contemplar a su hijo que dormía, se vio inundado por un torrente de amor y emoción tal, que podría haberse quedado allí de pie mirando a Rafael hasta que el niño hubiera despertado.

Maldiciendo en silencio las fechas fijadas para esa nueva película que iba a dirigir, cuando, por primera vez en su ilustre carrera, habría preferido hacer algo más importante, Leandro pasó a centrar su atención en Isabel. Al igual que su hijo, ella estaba profundamente dormida, con su oscura melena extendida sobre la almohada blanca y con un brazo colocado debajo de su cuerpo y el otro por encima del edredón. Sus brazos eran estilizados y tan elegantes como los de una bailarina y, al apreciar el suave contorno de sus pechos bajo su camisón blanco, Leandro experimentó una casi dolorosa urgencia de meterse en la cama junto a ella y despertarla del modo más sensual que se le pudiera ocurrir. La discusión que habían tenido le había afectado y sentía una necesidad abrumadora de solucionar las cosas y de derribar todas las barreras que los mantenían separados.

Conteniendo su frustración al entender que eso no sería posible por el momento, salió de la habitación y entró en el cuarto de baño contiguo. Al cerrar la puerta, no pudo evitar emitir un quejido ante el incesante e insistente dolor adherido a la parte más íntima y vital de su anatomía. De algún modo, tendría que esperar hasta el día siguiente.

En un breve espacio de tiempo, Constanza Reyes había agasajado a Isabel con sonoros besos y fuertes abrazos... pero eso no había sido nada comparado con la lluvia de amor y deleite que había caído sobre un, al principio, retraído y luego sonriente Rafael. Su bebé parecía recibir con alegría y deleite las efusivas muestras de cariño de la extraordinariamente atractiva, e indudablemente maternal, morena que era la madre de Leandro... y, por lo tanto, su recién estrenada abuela.

Mientras Isabel intentaba familiarizarse con la gran y bien equipada cocina intentando preparar un té para Constanza y para ella, además de triturar un plátano para el desayuno de Rafael, Constanza no paraba de hablarle al embelesado niño que tenía sobre su regazo y que estaba disfrutando de todas esas atenciones.

—Es precioso... precioso, igual que su padre, ¿verdad? —dijo la mujer en español. A continuación levantó la vista para mirar a Isabel, que estaba preparando el té, y le sonrió.

Después de haber temido que la madre de Leandro le hiciera alguna pregunta incómoda en un intento de que le demostrara que su hijo era realmente el padre de su bebé, Isabel se había sentido muy aliviada al ver cómo esa mujer había aceptado a su niño prácticamente desde el primer momento. Por supuesto, fue el insólito color de sus ojos lo que le había dado la respuesta a cualquier duda que hubiera podido tener. Si hubieran sido unos ojos azules, marrones, verdes o avellana, como los de la mayoría de la gente, entonces seguro que se habrían producido esas incómodas preguntas generadas por la desconfianza. Pero Constanza ya había dicho que Rafael era el vivo retrato de su padre cuando tenía su misma edad y era un placer ver lo encantada que estaba.

—Sí... es tan guapo como su padre.

Isabel no tuvo ninguna duda en admitir la verdad.

Aunque le había molestado y preocupado que Leandro no hubiera dormido con ella la noche anterior, después de que él hubiera prometido que lo haría, al pensar que tal vez su enfado lo había hecho alejarse de ella, entendió que, dada la naturaleza de su trabajo, en ese momento su película requería de toda su atención, más que cualquier otra cosa. Se dijo a sí misma que tendría que acostumbrarse a la idea... Eso, en el caso de que las cosas mejoraran entre ellos y ella decidiera quedarse para siempre. Mientras llevaba a la mesa el té y el cuenco con la compota de plátano, su estómago le dio un vuelco al pensar en lo incierto de su futuro en lo que respectaba a su relación con Leandro.

—No te imaginas lo que esta diminuta vida significa para mí, Isabel —dijo Constanza con su mano rodeando la mano de la joven, sentada enfrente de ella—. Hace diecisiete meses mi marido murió al ser atropellado por un conductor borracho y mi corazón se quedó tan frío como el mármol de la lápida que ahora preside su tumba. No sabía cómo iba a ser capaz de seguir viviendo con ese sufrimiento.

La mujer suspiró y se inclinó para besar el oscuro y ondulado cabello de Rafael.

—Cuando Leandro me llamó para contarme la increíble noticia... fue como si Dios hubiera escuchado mis plegarias y me hubiera dado la única cosa que podría apaciguar mi dolor. Gracias, Isabel... gracias por este precioso niño y por ayudarme a encontrar una razón para seguir adelante.

Después de pestañear, en un intento de contener las lágrimas que iban a comenzar a emanar de sus ojos, Isabel simplemente se quedó mirando a Constanza y le agarró la mano con fuerza. Recordó la sombra de dolor que había marcado el rostro de Leandro cuando le había contado lo de su padre y una ola de tristeza la invadió. Su corazón se llenó al sentir un renovado amor por él, pero también experimentó una profunda pena por el hecho de que él hubiera rechazado su apoyo y su compasión. Ahora tenía un nuevo propósito. Cuando volviera a casa esa noche, Isabel hablaría con él. No dejaría que pasara un día más sin hablarle sinceramente y con el corazón.

–Mi bebé también me da una razón para vivir, Constanza –confesó. Sonrió, primero a su hijo, y luego a la afectuosa mujer, y en silencio deseó que su madre fuera, al menos, la mitad de comprensiva y de agradecida que ella.

Leandro no regresó a la finca hasta pasadas las nueve de la noche. Rafael ya estaba durmiendo en la preciosa cuna de anticuario que Constanza le había regalado con tanto cariño e Isabel ya se había comido su parte de la exquisita paella que el ama de llaves había dejado preparada para los dos. Aún no se había acostumbrado a los horarios del país. Había estado recostada en el sofá, intentando concentrarse en darle un repaso a su escaso español con un diccionario que había encontrado en una de las estanterías cuando oyó el coche de Leandro. Desde que su abuelo había muerto, Isabel había tenido pocas oportunidades de aumentar el vocabulario que él le había enseñado y ahora se lamentaba de no haber ido a clases para mejorar. Conocer el idioma español le parecía mucho más importante ahora, dada la herencia del padre de su hijo. Al oír un portazo, cerró el diccionario y puso los pies sobre el suelo. Estaba a punto de levantarse cuando Leandro abrió la puerta y entró en la habitación.

–¡Hola! –la saludó en español y le lanzó una irresistible sonrisa que le nubló los sentidos y la dejó incapaz de pensar. De hecho, Isabel se vio tan nerviosa que le resultó una tarea demasiado ardua el responder a su saludo también en español, a pesar de estar deseando mostrarle lo dispuesta que estaba a aprender su idioma y usarlo.

–Hola. ¿Cómo te ha ido el día?

–Lo cierto es que mejora por segundos, ahora que estoy en casa y te estoy mirando –respondió sin vacilar.

Pero, a pesar de que con su provocación la había hecho estremecerse de secreto placer, Isabel apreció al instante la evidencia del cansancio reflejada en su bello rostro. Se quitó su chaqueta de piel, la dejó encima de una silla, y se dirigió hacia ella, que prácticamente podía oír los latidos de su corazón mientras lo veía aproximarse.

–Lamento no haber cumplido mi promesa de dormir contigo anoche, pero a lo mejor estabas deseando que no lo hiciera y te alegraste, después de todo.

Con dolor en el corazón ante la posibilidad de que él realmente pudiera creer eso, Isabel le tiró suavemente de la manga de la camisa y le dijo:

–Te equivocas. Sí que te eché de menos.

La observó con intensidad durante un momento, como si necesitara asegurarse de que le estaba diciendo la verdad, y tragó saliva aliviado.

–No lo hice porque antes de rodar una película siempre se presentan problemas de última hora que hay que resolver. Me pasé casi toda la noche hablando por teléfono y, antes de marcharme, me eché a dormir un poco en el sillón de mi despacho. No quería arriesgarme a despertaros al niño y a ti si entraba en la habitación. Bueno, ahora cuéntame... ¿qué tal has pasado el día, Isabel?

Leandro esperó impaciente su respuesta mientras examinaba sus labios, y una ráfaga de deseo recorrió su sangre. El oírla confesar que lo había echado de menos la noche anterior fue algo realmente gratificante. Durante todo el día, la película había acaparado toda su atención, pero en cuanto el rodaje había terminado y el equipo había empezado a recoger antes de marcharse, los pensamientos de Leandro se habían liberado del trabajo y, en su lugar, se habían concentrado en su recién estrenada familia. Ahora, mientras el embriagador aroma a mujer y el calor lo atrapaban, podía pensar en al menos una decena de formas con las que Isabel podía ayudarlo a desprenderse de las tensiones acumuladas durante el día.

—Tu madre ha venido a visitarnos esta mañana y se ha quedado hasta la hora de comer. Ha estado maravillosa con Rafael... Me ha gustado mucho —le contó Isabel emocionada.

—Me ha llamado para contármelo. Aparte de volverse loca hablando de su nieto, también ha tenido muchos halagos para ti, Isabel.

—Leandro, tu madre es una persona encantadora. Fue muy cariñosa y agradable y hablamos de muchas cosas.

—Ah... ¿de qué cosas?

—De ti, cuando eras pequeño... y de lo travieso que eras...

Intentó sonsacarle una sonrisa, pero en ese momento en su rostro se reflejaba esa expresión precavida y de cautela que adoptaba en ocasiones. Isabel decidió no dejarse influir por eso y no reprimirse en lo que le iba a decir. Quería desesperadamente mantener una conversación sincera con él.

—¿Algo más? —preguntó él.

—Sí... hablamos un poco sobre tu padre.

—¿En serio?

El dolor y la rabia que se encendieron en su penetrante mirada dejó a Isabel clavada al suelo.

Capítulo 9

SÍ. Leandro, ¿por qué siempre tenemos que evitar hablar sobre tu padre? –su boca se quedó seca después de lograr darle voz a su frustración y a su angustia–. Está claro que él fue muy importante en tu vida y puedo ver que sigues sufriendo por su muerte. Si al menos lo hablaras conmigo, sé que yo podría...

–Me ocuparé yo solo... igual que lo he estado haciendo los últimos diecisiete meses. ¡No necesito la ayuda de nadie!

El perceptible sufrimiento en la cara de Leandro fue también un sufrimiento compartido para Isabel, al tener que presenciarlo. En ese momento deseó haber esperado al momento oportuno, antes de sacar a relucir el tema, pero al mismo tiempo no podía entender cómo podían evitar mencionarlo cuando su madre le había abierto su corazón esa mañana y se lo había contado de un modo conmovedor.

–Entonces, ¿vas a dejarme al margen? ¿Ni siquiera vas a dejarme que te ayude?

–Mi madre no debería haberte hablado de él.

–¿Por qué no? Si ella confió en mí lo suficiente como para hablarme de él, ¿por qué no puedes hacer tú lo mismo?

La expresión de sus ojos atravesó el corazón de Isabel.

–¡Porque no puedo! ¡Por eso!

Isabel se estremeció ante la furia descargada por su voz.

–Está bien. Ya veo que no estás preparado para hablar de esto, así que dejaré el tema... por ahora.

–¿Cómo está Rafael? Sé que debe de estar durmiendo, pero quiero ir a verlo.

Ya en dirección a la puerta, Leandro se detuvo a regañadientes para escuchar la respuesta de Isabel. Parecía ansioso por alejarse de ella. Dolida por el hecho de que él no tuviera suficiente confianza en ella como para compartir sus sentimientos sobre la terrible tragedia que había caído sobre su familia, y empeñada en acercarse a él de algún modo, Isabel se tragó el sorbo de dolor como si se tratara de una píldora amarga y también se dirigió a la puerta.

–Voy contigo.

–No –sus deslumbrantes ojos verdes brillaron mostrando su desaprobación–. Me gustaría estar un momento con mi hijo, a solas. Tal vez podrías abrir una botella de vino y preparar dos copas para cuando vuelva.

Sin saber muy bien cómo actuar ante la intensa sensación de rechazo en su interior, Isabel se encogió de hombros.

–Está bien. Nos vemos en un rato, entonces.

Cuando se sentó al borde de la cama y examinó a su hijo, que dormía plácidamente en la cuna, Leandro agachó la cabeza, la cubrió con sus manos y finalmente se rindió ante el torrente de emoción que llevaba todo el día amenazando con brotar. Incapaz de ponerle freno al fluir de sus lágrimas, simplemente las dejó caer; su corazón estaba tan lleno ante la presencia de su hijo y sentía tanta emoción que no le habría sido posible articular palabra. ¡Cómo deseaba que su padre siguiera vivo y pudiera ver al perfecto bebé que ahora dormía apaciblemente en la cuna de la familia Reyes! Echaba en falta el continuo e inquebrantable amor que le había permitido ser él mismo sin que lo juzgaran y añoraba los monumentales abrazos que podrían haber aplastado a un hombre que no hubiera sido tan fuerte como él. La dicha y el orgullo reflejados en el todavía hermoso rostro de Vicente cuando su hijo había sido elogiado y admirado por su trabajo, junto con los sabios consejos que tantas veces habían sido un refugio para Leandro cuando todas las demás soluciones para sus problemas habían fallado, eran como partes perdidas de su propio cuerpo.

La terrible diferencia era que perder a su padre y, con ello, también a su mejor amigo era infinitamente peor que perder cualquier parte de su cuerpo. Hasta los miembros podían ser reemplazados con uno artificial. No sabía si algún día llegaría a aceptar el modo tan brusco y brutal en que le habían arrebatado a su padre. Tenía gracia... pero en ocasiones un hombre no sabía lo que quería hasta que se veía obligado a vivir sin ello. Ahora lo que quería era que Vicente conociera a su nieto, pero eso nunca... jamás sería posible.

«Si nunca tienes hijos, acabarás lamentándolo», le había dicho su padre en demasiadas ocasiones. «Ahora no lo notarás... pero sí cuando te hagas viejo».

Leandro alzó la cabeza para mirar a su precioso hijo dormir y, aparte del intenso amor paternal que

parecía surgir de cada célula de su cuerpo, estaba
lleno de un inesperado y profundo consuelo. Tal
vez nunca sería capaz de reducir el dolor por la
muerte de su padre, pero al menos ya no se sentía
tan desconsolado. Al darse cuenta, de repente, de
que el cielo le había otorgado el mayor de los re-
galos al darle un hijo, Leandro dejó que ese descubrimiento permaneciera en lo más profundo de su
piel. Extendió la mano para acariciar con ternura
la sonrosada y suave mejilla de Rafael. El pensar
que lo había hecho llorar hacía un momento, estaba siendo reemplazado por una embriagadora eu-
foria.

Ese niño era el resultado de su encuentro amoro-
so con Isabel... la cautivadora y sensible mujer que
había arrasado sus defensas como un ciclón. ¿Podría
confiar en ella aunque solo fuera un poco? Hacía
tiempo que Leandro había perdonado a aquella mujer que lo había engañado, pero la traición proveniente de alguien a quien le había permitido entrar
en su corazón lo había dejado marcado de por vida.
¿Cómo podría saber con seguridad que Isabel no le
haría lo mismo? La traición sería peor... mucho peor
que en aquella ocasión porque ahora tenía un hijo...
El único modo de hacerle saber que contaba con su
lealtad y con su compromiso era haciendo que se
casara con él... Y cuanto antes lo prepararan todo,
mejor.

Mientras caminaba descalzo sobre el suelo de
piedra, Leandro no apartaba la vista de Isabel, aparentemente inmersa en un libro y sentada sobre el
sillón. Sonrió enigmáticamente, sacó un CD de su

funda y lo puso en el reproductor de música. Cuando los apasionados sonidos de la música española rompieron el silencio, él se dirigió hacia la mesa de roble desde la que la copa de vino que Isabel le había preparado lo tentaba. Pero, en lugar de tomarla, le extendió su mano a Isabel. Con una profunda sonrisa, le dijo:

—Baila conmigo.

Ella estaba totalmente impresionada, pero antes de que pudiera pensar en una respuesta, sus pies lo hicieron por ella. Inmediatamente se encontró en brazos de Leandro, donde el roce de sus músculos y la cálida y sedosa piel provocaron un aluvión de inigualables sensaciones que comenzaron a palpitar en su interior. Mientras la llevaba por la habitación estrechándola hacia él y el cuerpo de Isabel se movía al fascinante ritmo del suyo, él permaneció en silencio, perdido en los enardecedores sensuales sonidos de la guitarra española que seducían todo el aire que los rodeaba. Isabel apenas se atrevía a respirar. Pero después de un minuto o dos, Leandro rozó sus labios contra su oreja y le dijo:

—Se está tan bien contigo entre mis brazos, otra vez… Han estado muy vacíos sin ti.

Isabel apartó de sí sus miedos; esos miedos en torno al hecho de que hubieran existido otras mujeres ocupando su corazón durante los últimos dieciocho meses en los que ella no había formado parte de su vida. Y así, tras esa liberación, ella no pudo evitar pensar que su seductor comentario estaba cargado de sinceridad.

—Desde esa noche en el puerto de Vigo ya ha pasado mucho tiempo —respondió ella con voz dulce.

Él se detuvo y, después de apartarla ligeramente,

acarició su pelo a ambos lados de su cara para captar más su atención.

—Sí... demasiado tiempo —asintió enigmáticamente con una media sonrisa—. Y han pasado muchas cosas desde aquella inolvidable noche. Todavía no te he preguntado cómo te sentiste cuando supiste que estabas embarazada.

Un calor emanó de ella y se fue extendiendo por su cuerpo como una poción melosa a la vez que relajaba cada uno de sus músculos y le producía escalofríos. ¿Alguna vez se atrevería a contarle a Leandro que su corazón había saltado de alegría ante la idea de tener un hijo suyo? ¿Cómo reaccionaría él al oírlo?

—Al igual que tú... me quedé atónita de que algo así hubiera pasado... pero después de recuperarme del primer impacto, estaba decidida a tener a mi bebé —le dijo sinceramente con un profundo brillo en sus oscuros ojos—, pasara lo que pasara —era cierto que en ningún momento había pensado en interrumpir el embarazo. Leandro le respondió con un brillo de satisfacción en su hipnótica mirada.

—Sí... tuviste a nuestro bebé y por ello te estaré eternamente agradecido, Isabel. Sobre todo, teniendo en cuenta lo difícil que ha debido de ser para ti, ¿no?

—No me arrepiento de nada. Rafael lo es todo para mí.

—Lo sé. Y ahora... también lo es todo para mí. ¿Entiendes que por eso quería que los dos vinierais a Madrid? ¿Entiendes por qué no podía esperar?

—Lo entiendo. Pero todavía quedan muchas cosas por solucionar, Leandro. No podemos asumir automáticamente que esto será un acuerdo permanente.

—¡Claro que podemos! ¡Te casarás conmigo, Isabel! —insistió con firmeza mientras se acercaba más a ella.

—El matrimonio no es algo que se pueda decidir tan de repente —afirmó y sintió un escalofrío ante la devoradora mirada de Leandro.

—Es repentino por la circunstancia en la que nos encontramos, pero eso no significa que sea una decisión equivocada. Lo único que sé es que los dos queremos lo mejor para nuestro hijo y esa es la razón por la que debemos estar juntos —acarició su cara con delicadeza—. Además, no creo que sea tan malo estar casada conmigo, ¿no?

Sería maravilloso... si por lo menos le dijera que la amaba. Isabel intentó desechar la duda que invadía su mente y aferrarse a un pensamiento más positivo. ¿Y si Leandro llegara a quererla con el tiempo? ¿E incluso llegara a confiar en ella? Pero, una vez más, le asaltó la duda... ¿Y si no fuera así? ¿Qué ocurriría si un día conocía a alguien y se enamoraba de verdad? En ese caso, ¿dejaría de verse atrapado en su matrimonio con Isabel... atrapado por el hecho de tener un hijo del que ocuparse? Obstinadamente, intentó por todos los medios apartar de sí su angustia. Cuando se quedara sola, tendría tiempo suficiente para una introspección más profunda y para tomar decisiones de un modo más claro.

—Por cierto —observó Leandro—, hoy he hecho algunas preguntas sobre las cartas y las llamadas que no recibí. No creo que te sorprenda saber que todo el mundo niega haberlas recibido, pero no te preocupes. Sé muy bien que lo que no quieren es que pague mi cólera con ellos por lo que hicieron. Claro que estoy furioso, pero también he llegado a la conclusión de que no hay mucho que pueda hacer excepto intentar reparar el daño que se nos ha hecho. Al menos tengo a mi hijo conmigo... así que no pen-

semos más en los problemas. ¿Te parece? Ya he tenido bastante tensión en el trabajo y ahora lo único
que quiero es olvidarme de todo... menos de voso-
tros dos, y relajarme. El flamenco es una música
que te cala hondo, ¿verdad?

El flamenco... y también él.

Agradecida por el hecho de que Leandro hubiera
creído todos sus esfuerzos por intentar ponerse en
contacto con él, a pesar de lo que le había dicho su
gente, Isabel se decidió a dejar el tema por zanjado.
En ese momento estaba demasiado embargada por
sus demasiado seductores encantos como para dejarse venir abajo por lamentos y por el abatimiento.

Se encontraba ante una delirante y embriagadora
combinación... Leandro y el flamenco.

–Esta noche vamos a salir a tomar unas tapas –le
dijo con una sonrisa–. Mi madre debe de estar a
punto de llegar; se va a quedar cuidando de Rafael.
Quiero enseñarte Madrid de noche y tenerte un rato
para mí solo.

–¿Sí? Constanza no me ha dicho que le habías
pedido que cuidara de Rafael –tenía que reconocer
que la idea de salir con Leandro y ver Madrid con él
de noche era apasionante, pero Isabel también estaba un poco molesta por el hecho de que Leandro no
hubiera contado con ella antes de decidir que su madre cuidara del niño. No era que no confiara en
Constanza, era una mujer encantadora e Isabel no
tenía ninguna duda con respecto a su capacidad para
cuidar de Leandro, pero aun así...

–Isabel –Leandro la observó muy serio, un surco
de preocupación se marcó en su rostro–, si vamos a
acercarnos más el uno al otro, como intento que
ocurra por el bien de Rafael, necesito pasar algo de

tiempo contigo, necesito llegar a conocerte. ¿Crees que eso merece ser motivo de tu desconfianza? Mi madre ya adora a su nieto. Puedo asegurarte que no se apartará de él ni un segundo hasta que volvamos y que ¡estará encantada de hacerlo!

Notando cómo le ardía su rostro ante la intensa y perturbadora mirada de Leandro, Isabel se encogió de hombros mientras sentía cómo él estaba acariciando sensualmente las palmas de sus manos con tal destreza que le hacía desear que no cesara.

—Pero ¿no estás cansado? No sé... mañana tienes que levantarte temprano, ¿no?

Él se rio, y junto con la casi orgásmica sensación que le estaba produciendo al acariciarle las manos, el sonido de su risa hizo que sus piernas se deshicieran.

—Los madrileños nos levantamos temprano, pero comemos y cenamos tarde y, si salimos por la noche pueden dar las tres o las cuatro de la madrugada antes de que volvamos a casa. No obstante, esta noche prometo traerte a casa a una hora razonable. Sé que estarás deseando volver para ver a Rafael y además... esta noche sí que voy a dormir contigo, Isabel.

Isabel llevó su mano hacia los labios de Leandro, que capturó su mirada durante varios inquietantes segundos antes de volver a liberarla. Tras ello, se preguntó a sí misma cómo demonios no se había derretido formando un estanque de deleite sobre el suelo.

—Háblame de tu abuelo... Rafael Morentes... ¿No era así como me dijiste que se llamaba?

Los sentaron en un reservado de un concurrido y ruidoso pero agradable bar de tapas repleto de jóvenes y elegantes madrileños que claramente estaban pasándolo muy bien. Leandro fijó su mirada en Isabel mientras le sonreía. Sorbiendo un poco de vino Rioja antes de responder a su gesto, Isabel intentó no dejarse encandilar demasiado por sus increíbles ojos... Y, en lo que respectaba a la pregunta que acababa de hacerle... sinceramente, hablar de su abuelo era algo de lo que nunca se podría cansar.

—Mi abuelo era el mejor... un hombre amable, educado y cariñoso. Se marchó a Inglaterra cuando mi padre murió y compró una casa cerca de la de mi madre para estar cerca de nosotras y ayudarla a criarme. ¿Te imaginas lo que para él debió de suponer hacer eso? ¿Dejar la aldea en la que siempre había vivido en España y marcharse a vivir a Londres? De todos modos... yo solo tenía dos años entonces y no tengo ningún recuerdo de mi padre. Pero era el único hijo varón de mi abuelo y cuando lo perdió se le rompió el alma. Supongo que a partir de ese momento volcó todo su amor y toda su atención en mí... y cuando mi madre se volvió a casar, él siguió ayudando a cuidar de mí.

Tragó saliva, el recuerdo le había causado una dolorosa emoción. Leandro contemplaba su pesar en silencio. Isabel le mostró una sonrisa de disculpa.

—Lo siento... todavía se me hace un nudo en la garganta cuando hablo de él. Murió cuando yo tenía veintiún años y, aunque ya han pasado algunos años... todavía me resulta duro el aceptar que ya no está aquí.

—Lo sé... Te entiendo —le apretó la mano. El inesperado contacto le hizo a Isabel contener la respiración, al igual que lo hizo la calidez que estaba recibiendo de su mirada de comprensión—. Por lo que cuentas, creo que me habría encantado conocerlo.

—¡Oh, seguro que sí! —se sintió complacida por la

idea y eso se reflejó en su mirada, que centelleaba como un cristal recién pulido–. Al igual que a ti, le encantaban la música y el arte, las historias y la filosofía, y era muy sensato e inteligente. Para él, los problemas eran como un regalo... algo que se nos daba para ayudarnos a hacernos más fuertes y a entendernos mejor a nosotros mismos y al mundo, en general. Por esa razón yo quería hacer el Camino de Santiago... siempre hablaba de ello como si fuera una especie de búsqueda. Y por eso siempre sentí que era algo que tenía que hacer.

–Y lo hiciste. Tu abuelo se habría sentido orgulloso de ti, Isabel –entrelazando más su mano con la de ella, Leandro la sorprendió al acercar su boca a sus labios; su mandíbula sin afeitar rozaba el suave rostro de ella, su fascinante calidez y sensual huella de su perfume la embriagaban... como de costumbre. Y justo cuando él se apartó, el impactante flash de una cámara se apagó en sus caras.

Cuando el casi cegador efecto del flash se desvaneció, Leandro se levantó rabioso para dirigirse al atrevido joven que les había robado una foto y que lucía una sonrisa de oreja a oreja. La cámara que tenía en sus manos era, sin duda, una cámara profesional, de esas que solo usan los paparazzi, y, al ver que todas las cabezas se giraban para observar la escena, Leandro dejó escapar un torrente de improperios y se dirigió a agarrar al fotógrafo del pescuezo, pero este se escabulló entre la multitud. Otro hombre, que lo había presenciado todo, emergió de entre el gentío y le gritó algo a Leandro. Al verlo asentir ante lo que el hombre parecía haberle propuesto, no le extrañó ver a este salir corriendo en la misma dirección por la que se había marchado el joven paparazzi.

Se dijo a sí mismo que debería estar acostumbrado a eso. No siempre era posible preservar su vida privada hasta el punto que él deseaba, pero aun así Leandro estaba impactado y furioso por la inaceptable intrusión de esa noche; la noche que estaba destinada únicamente al uso de los dos, de Isabel y de él. Todavía con el corazón latiéndole con fuerza, se sentó visiblemente nervioso.

—No creo que mi amigo Pepe lo haya detenido, así que no hay duda de que mañana por la mañana veremos la foto en los periódicos. ¡Maldita sea! Siento que hayas tenido que presenciar esto, Isabel. La mayoría de la gente me deja tranquilo aquí, en Madrid, pero la noticia de la nueva película se ha debido de filtrar y los paparazzi habrán estado esperando una oportunidad como la que les he brindado esta noche. Vamos... creo que tendremos que encontrar un lugar menos popular para poder tomar nuestras tapas tranquilos.

—Si prefieres ir a casa directamente, no es necesario que vayamos a ningún otro sitio —instintivamente Isabel le acarició el brazo, con expresión de preocupación.

—Tengo que vivir mi vida, Isabel, y tú también. Lo que quiero es que esta noche veas algo de la ciudad que adoro... y que disfrutes de la comida y de la música. No hay razón para volver a casa corriendo ¡solo porque un paparazzi nos haya sacado una foto! Quienquiera que sea ya tiene su fotografía y está noche no nos buscará más. Y si lo hace... bueno, ya me ocuparé yo..., ¿de acuerdo?

—De acuerdo —una vez disipada su inquietud, Isabel aceptó la mano que Leandro le extendió tras levantarse—. Como tú veas.

Capítulo 10

CONSTANZA ya se había ido a la cama y, cuando Leandro fue a verla encontró que su madre había metido la cuna de Rafael en su habitación. Dividida entre el deseo de que su hijo durmiera a su lado y el hecho de aceptar lo práctica que había sido Constanza al llevárselo con ella a dormir, Isabel se dirigió hacia la librería que siempre iba a ser una de las más irresistibles atracciones para ella. En un intento de eliminar la sensación de inquietud que parecía haberse infiltrado en sus huesos, pensó en la maravillosa noche que acababa de pasar en compañía del carismático Leandro. Él ya había dejado a un lado su irritación por el incidente del fotógrafo y había adquirido un carácter cálido y atento durante el resto de la noche. Habían compartido una deliciosa cena, bailes y risas, pero Isabel no podía evitar notar que él todavía se mostraba reacio a revelar cualquier información demasiado personal. Ni siquiera le había mencionado nada de su padre.

Su reticencia molestaba profundamente a Isabel, sobre todo después de que ella le hubiera abierto su corazón al compartir con él lo mucho que había querido a su abuelo y lo mucho que lo seguía echando de menos, aún con el paso de los años. Y ahora, debido a su falta de confianza, ella tenía esa inquebrantable noción de que Leandro, de algún modo, esperaba sentirse decepcionado por ella en un momento u otro; y, si se daba ese caso... ¿cómo iba a rebatirlo cuando él jamás había bajado la guardia ni había compartido sus verdaderos sentimientos con ella? Para gran inquietud de Isabel, las lágrimas empañaron su mirada cuando tomó un libro sobre Andalucía y comenzó a hojearlo.

–¿Isabel?

Ella tomó aire al oír su nombre y se giró despacio. Leandro estaba de pie en el centro del salón con las manos apoyadas en las caderas y, aunque su visión estaba distorsionada por el efecto de las lágrimas, Isabel pudo apreciar el deseo reflejado en su rostro.

–¿Sí?

–Es hora de irse a la cama –después de agachar la vista para mirar la hora, despachó una atribulada pero, a la vez, embriagadora sonrisa que prácticamente la hizo tambalearse–. Son casi las dos menos cuarto de la madrugada y mañana tengo que levantarme a las seis para irme a trabajar.

–Ve tú... yo no estoy cansada todavía –tras girarse deliberadamente hacia las estanterías, Isabel volvió a colocar el libro en su sitio. Al sentir las pisadas descalzas de Leandro detrás de ella, se secó las lágrimas bruscamente. Él ya tenía suficiente ventaja sobre ella porque ella lo quería con todo su corazón; pero él claramente no confiaba en ella tanto como para devolverle el mismo sentimiento de amor. Tenía que ser fuerte, se recordó a sí misma... no podía dejar que él viera hasta qué punto podía llegar a reducirla con su desconfiada actitud. La confianza y el amor lo eran todo. Isabel lo había aprendido de su abuelo.

—No quería decir que nos tuviéramos que ir necesariamente a dormir, Isabel —acariciando su cuello con su tentadora y cálida boca, Leandro deslizó la mano sobre su cintura, cubierta por el vestido de lino verde que había llevado para su primera noche fuera juntos. Envuelta por un irresistible deseo que solo una estatua de piedra habría sido capaz de aguantar, reaccionó con una mezcla de congoja y deseo—. ¿Qué quieres de mí, Leandro?

Por su tono, él supo que le ocultaba algo en su interior, aunque eso estaba reñido con su innegable necesidad de un contacto físico entre los dos; la dulce voz de Isabel, suave y ligeramente entrecortada, despertaba los sentidos de Leandro como una sugerente invitación. Su cuerpo había estado tan pendiente de ella toda la noche que se encontraba en un estado de permanente tensión erótica. Y ahora esa tensión suplicaba que la liberara. Levantó el cabello de Isabel y le besó la nuca. Y mientras lo hacía, comenzó a bajar la cremallera de su vestido. La imagen de su bella espalda desnuda avivó la llama de su deseo. Deslizó las manos sobre ambos lados de sus sexys y femeninas caderas y llevó el cuerpo de Isabel contra el suyo. Se sintió invadido por la tensión de un hambre que aún no había saciado. Con su tersa y satinada piel y su curvilíneo cuerpo, Isabel tenía la capacidad de provocar un ardiente deseo en cualquier hombre. Y además, ella había tenido a su bebé... ¿Ese hecho ya indicaba, por sí solo, que ella era suya y de nadie más?

Sintiendo un innegable ardor producido, ahora, por los celos ante la idea de que otro hombre pudiera desearla o darle placer, Leandro sintió la repentina necesidad de reclamar su derecho sobre Isabel.

Tras desabrochar, con total destreza, su sujetador de seda negro, movió las manos posesivamente por cada lado de su cuerpo hasta cubrir con ellas sus pechos. Desde que había tenido a Rafael era más sexys y sus pezones se volvieron más tersos ante el contacto con sus carnosos y aterciopelados labios. El bramido de su sangre le hizo cerrar los ojos para absorber la increíble ola de calor y pasión que cubría su cuerpo y su excitación se endureció como el acero cuando su pelvis rozó su cuerpo. La necesidad de dormir estaba completamente fuera de su mente cuando pensó que tenía que levantarse temprano para comenzar el rodaje por la mañana... En ese momento, parecía estar sintiendo únicamente pura adrenalina y, de muy buen grado, estaría dispuesto a pasar noches enteras sin dormir para hacerle el amor a esa mujer.

—Esto es lo que quiero, Isabel —le susurró mientras besaba su espalda, a lo que ella reaccionó arqueándola para permitir que sus manos tuvieran mejor acceso a sus pechos. Al sentir su larga melena acariciándole los pómulos y el embriagador aroma del jazmín atacando poderosamente sus ya seducidos sentidos, Leandro liberó un gemido y recorrió su espalda con sus manos hasta llegar a sus nalgas. Deslizando su mano sobre la deliciosa y satinada piel bajo su escasa ropa interior, casi perdió el aliento cuando sus dedos hicieron una fascinante incursión entre sus torneados muslos—. Quiero más de este deseo que parece consumirme cada vez que estoy cerca de ti —adentró más su dedo en su abrasador calor y ante el largo y entrecortado gemido de Isabel, sintió su erección ejerciendo demasiado presión contra su bragueta—. Quiero estar dentro de ti, Isabel... quiero que nos olvidemos del mundo, que nos olvidemos de todo, quiero hacerte olvidar tu propio nombre a medida que te llevo hacia el borde del deseo... como tú estás haciendo ahora conmigo –cuando añadió otro dedo, Leandro pudo sentir las corrientes de placer que recorrían el excitado cuerpo de Isabel y allí se quedó, susurrándole y sonsacándole su desinhibida respuesta mientras ella le permitía ayudarla a finalizar ese viaje hacia el gozo absoluto. Temblando, ella se giró despacio para ponerse frente a frente con él. Dolorido por el deseo de arrastrarla hasta sus brazos y besarla... en lugar de satisfacer su deseo, Leandro permaneció exactamente donde estaba. Todo su cuerpo estaba gritando por liberarse también, pero un instinto más poderoso lo hizo contenerse. Con el vestido verde colgando de un lado y sus ojos negros brillando de pasión, Isabel lo miró durante varios segundos antes de hablar. Por alguna razón, el corazón de Leandro comenzó a latir descontrolado.

Fijándose en sus esculpidos rasgos masculinos, en su pelo sedoso y despeinado y en la viva mirada que la había consumido con tanto placer y deseo desde el principio, Isabel no pudo reprimir lo que su corazón se moría por decir. Ella no había recorrido el Camino para quedarse escondida en un rincón, ni para no expresar lo que quería. Ella quería a ese hombre... quería su inmortal amor y compromiso para Rafael y para ella. Más que nada, quería su confianza y que él supiera que nunca lo traicionaría ni de acto, ni de palabra. Si ella no podía tener eso que deseaba, entonces no sabía si podría soportar estar con él día tras día y sentir que no le permitía entrar en una importante parte de su persona.

—¿Qué pasa, Isabel? ¿Te ocurre algo?

Con un nudo de ansiedad en su garganta, Isabel se subió las mangas del vestido para cubrirse de nuevo.

—Te quiero, Leandro... Sé que tal vez ahora no quieras oír esto... pero es la verdad. Lo que ocurre es que... sigo confundida por lo que tú puedas sentir por mí y necesito saberlo. ¿Me lo dirás?

Su pregunta estalló dentro de Leandro como una diminuta, pero letal, bomba. Estaba claro que él albergaba la más fuerte y poderosa atracción hacia ella y además ella había tenido a su bebé... su bebé. Solo por esa razón, Leandro siempre tendría a Isabel en la más alta consideración y estima. Con toda probabilidad, él la querría más cuando se convirtiera en su esposa. Pero por el momento, no podía responder con total sinceridad a la pregunta de si la amaba. Era un compromiso al que todavía no se podía rendir, dada su cautela, ni siquiera aunque durante los dieciocho meses anteriores ella hubiera dominado su pensamiento en demasiadas ocasiones. Tantas como para hacerle ir a buscarla. Leandro tomó su mano y la acarició y la observó con placer, pero también con ligera aprensión. Cuando alzó la vista, respondió a la atribulada expresión de Isabel con una deliberada sonrisa insinuante.

—Siento muchas cosas buenas por ti, Isabel. Podemos estar muy bien juntos. Supe eso desde la primera vez que te vi. ¿Por qué si no te habría ido a buscar después de todo este tiempo? Y eso fue incluso antes de saber que habías tenido a mi bebé. Eres una mujer extremadamente bella y cautivadora y una maravillosa madre para Rafael... y te doy mi promesa de que intentaré ser el mejor marido que pueda... No te arrepentirás de casarte conmigo.

Entonces... ¿no podía decirle que la quería? Era exactamente lo que Isabel había sospechado que ocurriría. De no ser porque él tenía su mano agarrada firmemente, se habría liberado de él. Tras mirarlo a los ojos, Isabel decidió no retirarse ni apresuradamente ni dolida. En lugar de montar una escena, le daría lo que él quería... lo que los dos querían... y después solo tendría que reunir toda su fuerza interior para soportar la situación. Pero no estaba dispuesta a rendirse; de algún modo, encontraría una forma de llegar a él.

Alzó la mano y acarició su cara. Intentando calmar su dolor, dejó que el contacto íntimo con él le infundiera una satisfacción carnal, ya que sabía que al menos en ese aspecto, ella podía reclamarle algo de devoción...

—¿No dijiste que querías estar dentro de mí? —le preguntó con un susurro incitador.

La boca de Leandro se apoderó de la de Isabel. Cuando, después de un momento, él alzó la cabeza, su respiración era entrecortada y sus ojos estaban encendidos de ardiente deseo.

—¡Nada ni nadie va a evitar que esta noche comparta mi cama contigo, Isabel!

La tomó en sus brazos y atravesó el pasillo de la preciosa finca hasta su dormitorio...

Las manos de Isabel se ensortijaban alrededor de los barrotes de la cama mientras la boca de Leandro despertaba en su interior sensaciones que ella ni siquiera había imaginado que existieran. En la cama él se había convertido en ese irresistible y de dudosa reputación pirata que se había burlado desde el principio al decirle aquella noche en un bar de Vigo que se aprovecharía de ella físicamente, si ella así lo deseaba. Ahora, al alzar la cabeza desde donde había estado acariciándola con su aterciopelada lengua, provocando así en ella el más dulce y erótico de los estragos, en sus ojos se apreciaba un brillo casi desafiante. le separó los muslos, se alzó y se introdujo en de ella. Su duro y sedoso calor hizo a Isabel gemir y liberarse de los barrotes para jugar con las manos entre los mechones del sedoso cabello de Leandro; mientras, él se adentraba en ella más y más... hasta que al final, liberó un violento gemido. Con sus manos sobre los pechos de Isabel, descansó su cabeza entre ellos y el resbaladizo sudor de su cuerpo se unió al de ella. Nunca antes se había sentido tan completa o conectada a un ser humano con tanta intensidad espiritual. En sus brazos, Leandro sí que la necesitaba; e, incluso aunque él luchara por no enamorarse de ella, Isabel esperaba y rezaba para que él perdiera csa batalla.... Así, sin previo aviso, sus ojos se llenaron de lágrimas.

Leandro sintió el breve pero nítido escalofrío que recorrió el cuerpo de Isabel. Sus párpados se agacharon ante el agotamiento y la saciedad de su apasionado y desinhibido acto de amor; ni siquiera quería hablar. Lo único que quería era quedarse echado en sus brazos, pegado a su cuerpo y a su tacto, mientras sus sentidos quedaban atrapados por el

erótico hechizo con el que Isabel lo había embruja-
do y del que Leandro pedía no liberarse jamás. Con
esfuerzo, alzó la cabeza para sonreírle y escuchó el
suave suspiro de resignación que emanó de su boca.

–¿Qué te pasa? ¿Te estoy haciendo daño? ¿Quieres que me aparte?

–No... no es eso –sus oscuros ojos parecieron in-
troducirse en los de Leandro que, prácticamente, se
quedó sin respiración. Ella, con los ojos empañados,
le recordaba a un ángel que hubiera visto de primera
mano las desesperadas penurias de los humanos y
que tenía el corazón roto por ello. En lugar de preocuparse por la posible causa de su tristeza, Leandro
sintió su sangre arder con violento deseo ante la visión de ella.

–Cuando me fui de la habitación del hotel de tu
amigo aquella mañana que nos dijimos adiós... Yo
ya me había enamorado de ti... ¿lo sabías? De hecho... es probable que mi corazón ya te perteneciera
incluso antes de marcharnos del bar del señor Várez
–le dijo Isabel temblorosa–. Tus historias sobre el
Camino y el modo en que me las contaste me cautivaron. Todo lo que se refería a ti me caló hondo... tu
belleza, tu voz, tu tacto... todo me llenó de tal... de
tal ansia que apenas podía respirar. Volví a mi casa y
para mi consternación, pero también para mi alegría, descubrí que estaba esperando un hijo tuyo.
¡Di a luz a Rafael sola porque no hubo forma de ponerme en contacto contigo! Descubrí que era verdad
lo que había oído sobre el férreo modo en que prote-
gías tu intimidad... y también pude comprobar que
la gente que trabaja para ti se siente realizada ayu-
dándote a mantener tu propósito –suspiró de nuevo
y se detuvo unos momentos en los que Leandro se

giró y se quedó mirando al techo. Era obvio que no quería escuchar lo que ella le estaba diciendo, pero Isabel no podía dejar de hablar–. Al quedarme embarazada de Rafael... entendí lo que era ese sentimiento de «morriña» del que me habías hablado. Estaba desolada por no tenerte conmigo... me preguntaba cómo podría enfrentarme al hecho de ni siquiera tener la esperanza de volver a verte algún día. Cuando Rafael empezó a crecer y cada día se parecía más y más a ti, supe que sería imposible volver a enamorarme de otro hombre. Me resigné a ser una mujer sola. Y entonces... entonces apareciste en la biblioteca como si solo hubiera pasado un día desde nuestra despedida. Como si desde entonces todo te hubiera marchado bien en tu vida y tal vez esperaras poder repetir el íntimo momento que habíamos compartido aquella noche es España, ¡y todo porque te encontrabas en Londres de casualidad y creías que podrías sacar el máximo partido de la circunstancia!

Antes de que Leandro pudiera responder, o protestar o defenderse, Isabel continuó... como si temiera que si detenía el río de palabras que estaba fluyendo, no volvería a tener ni la oportunidad ni el valor de repetirlas.

–Entonces... te conté que había tenido un hijo tuyo. Insististe en que querías hacer lo que, para ti, era lo correcto, y tuve que venirme a España contigo con vistas a una futura boda entre los dos. Me enteré de que tu padre había muerto un mes después de que nos dijéramos adiós y de que tu vida, obviamente, no había sido tan perfecta como yo me había imaginado al volver a verte. Pero aun así te negabas a hablarme de ello... a contarme cosas de tu vida que no fueran más que escasas anécdotas que ¡perfectamente podría haber leído en una columna de cotilleos si hubiera querido! Incluso aunque me amaras, Leandro, ¿cómo crees que iba a funcionar nuestro matrimonio cuando ni siquiera confías en mí lo suficiente como para compartir tu dolor conmigo?

Leandro sintió el poder de sus palabras atacar sus defensas y reducirlas al mínimo.

—Tienes razón, Isabel —admitió con sorprendente calma, a pesar de que, inmediatamente después, se odió por haberlo hecho—. Todo lo que estás diciendo de mí es verdad. Pero yo soy así y, aunque no te guste, no puedo cambiar para convertirme en el hombre que tú quieres, simplemente por que tú lo desees. Ahora voy a dormir un poco... solo me quedan un par de horas antes de levantarme para irme a trabajar.

Sin decir más, se levantó de la cama, agarró sus vaqueros, se los puso y, sin ni siquiera volverse para mirar a Isabel, salió de la habitación cerrando la puerta tras de sí.

Capítulo 11

ISABEL se sentó en la cama junto a Rafael, que estaba jugando con su sonajero detrás de ella y miró, casi con la mirada perdida, a su maleta como si fuera la de una extraña y no la suya. Constanza se había marchado hacía un par de horas después de prometer, entusiasmada, que volvería muy pronto, e Isabel se había sentido como una auténtica estafadora al saber que, cuando esa encantadora mujer volviera, ni su hijo ni ella seguirían allí para recibirla. Había colocado sus ropas y pertenencias como si fuera un autómata, sin darse cuenta realmente de lo que estaba haciendo e incapaz de pensar en el futuro, en el de su hijo y en el de ella, sin sentirse como si la hubieran partido en dos.

¿Leandro los echaría de menos cuando se hubieran marchado?, se preguntó Isabel angustiada. Habían formado parte de su realidad durante muy poco tiempo, pero aun así, ella sentía como si hubieran pasado toda la vida juntos. Esa mañana, en las horas en las que el sueño apenas la había rozado, había oído a Leandro entrar de nuevo en la habitación. Había fingido estar dormida, lo había sentido sentarse junto a la cama y suspirar profundamente. Era difícil no pensar que ese sincero gesto formaba parte de su arrepentimiento. El arrepentimiento de haberla llevado a España y de haberle prometido casarse con ella cuando lo único que realmente quería era a su hijo.

Era incapaz de amarla; eso ya había quedado claro. Cada vez que Isabel dejaba que ese pensamiento la invadiera, deseaba morir. Pero ya... para bien o para mal... había decidido volver a Inglaterra. A pesar de los inconvenientes y de la dificultad que podría suponer para Leandro tener que viajar para ver a su hijo Rafael, no veía más alternativa que tomar esa decisión por los dos. Era sencillamente inconcebible solo el llegar a pensar en quedarse en Madrid con él, dadas las circunstancias, a pesar de que ya se hubiera convencido a sí misma de que podía hacerlo. Ella había desnudado su alma ante él esa noche y... y no había logrado cambiar nada con ello. En lo que respectaba a sus sentimientos, él era totalmente impasible. Por eso... ella se marcharía a su casa, intentaría sacar algo de tiempo para terminar su libro sobre el Camino y trabajaría duro para conseguir la independencia económica que le permitiría ofrecerle un futuro digno a su hijo. Si Leandro quería contribuir económicamente a su bienestar, por supuesto, no se opondría..., pero no dejaría que los deseos de Leandro anularan sus propias necesidades y decisiones. Ya le había permitido a demasiada gente hacerle eso en su vida y no estaba dispuesta a que eso le volviera a ocurrir.

–¡Ay! –hizo un gesto de dolor después de que el sonajero de Rafael la golpeara en la cabeza y, al verlo sonreírle como un travieso querubín, sintió que se le derretía el corazón, como le ocurría siempre con todo lo que tuviera que ver con su bebé. Lo sentó sobre su regazo, lo abrazó como si no quisiera soltarlo jamás y hundió sus labios delicadamente en su cabello negro con ese aroma tan dulce.

Al alejarse del set de rodaje en dirección a su caravana, Leandro saludó al guionista, que estaba hablando con uno de los actores, y le pidió a uno de los empleados del servicio de catering que le sirvieran una taza de café. Dentro de la caravana, se sentó en uno de los asientos de piel y tomó el periódico que le había pedido hacía un rato a uno de los extras. Isabel y él aparecían en primera plana...

Delante de él tenía la fotografía que el paparazzi había sacado; era una fotografía en blanco y negro y cualquiera que la estuviera viendo podría percibir inmediatamente que Leandro estaba prendado de la impresionante chica a la que acababa de besar. Él no necesitó mirar la foto para confirmar lo que sentía realmente por Isabel. De hecho, estaba avergonzado por el modo en que se había comportado esa noche: la había dejado sola en la cama cuando ella tanto había necesitado que le hubiera respondido a lo que le había dicho, ¡en lugar de levantarse y marcharse a otra habitación! Y había actuado así porque no había sido capaz de ceder ante esa automática urgencia de mantener sus sentimientos encerrados detrás de esas paredes de acero que ella lo había acusado de tener y que parecían nunca poder derrumbarse. Lo que, en un principio, había empezado como un rasgo de su carácter, con el tiempo se había convertido en una fuerte creencia de que era peligroso dejar que la gente se le acercara demasiado ya que, si lo hacía, podrían abusar de su confianza y traicionarlo.

La única persona a la que le había permitido esa

cercanía había sido su padre. Incluso su madre, Constanza, había tenido que mantener las distancias mucho más de lo que ella se merecía o hubiera deseado. Si Leandro continuaba así, ¿acabaría comportándose de ese reprochable y distante modo incluso con Rafael... con su propio hijo? Isabel había compartido tanto con él... su amistad, su lealtad y su cuerpo... y él le había dado un hijo... un hijo al que había dado a luz sola porque Leandro había sido demasiado reacio a confiar en ella; dado su temor a que pudiera contarle a su hermana periodista lo que había sucedido entre ellos, no le había dado ni su número de teléfono ni una dirección a la que poder escribirle.

Pero... eso finalmente no había ocurrido. Isabel se había mantenido fiel a su palabra de no contarle a nadie su encuentro en el puerto de Vigo y así, él no había tenido que oír nada perjudicial ni escandaloso sobre su persona en ninguna publicación inglesa. Y durante el tiempo en que Leandro había pagado el precio de su estupidez y de su falta de confianza, su hijo había vivido los primeros nueves meses de su vida sin sentir siquiera la presencia de su padre... ¡Dios mío! ¡Eso no podía continuar así! Si los sentimientos que guardaba en su pecho hacia Isabel no eran los sentimientos de una conexión apasionada y del amor... entonces, ¿qué otra cosa podían ser?

Al recordar la expresión de pesar en el rostro de Isabel después de que le hubiera dicho que lo amaba y él no le hubiera respondido lo mismo, Leandro se frotó su mandíbula sin afeitar y maldijo. No había duda de que debería haberse decidido a hablar con ella esa mañana antes de marcharse al set de rodaje... a pesar de que era temprano y de que la había encontrado durmiendo. Ahora, se preguntó a sí mismo, ¿qué pasaría si ella hubiera interpretado su falta de comunicación como una señal de que ya no era bienvenida en su casa? ¿Y qué ocurriría si, en ese mismo momento, ella estuviera dirigiéndose al aeropuerto para regresar a su país? Agachó la vista para mirar el reloj y calculó el tiempo que le llevaría ir a casa y volver antes de que tuviera que estar de nuevo en el set para continuar con el rodaje. Ante la urgente necesidad de localizar a su asistente de dirección y comunicarle su repentino plan, se levantó y salió corriendo de la caravana como si dentro de ella hubieran colocado una bomba a punto de estallar.

Isabel necesitaba algo de aire fresco y, seducida por el meloso brillo del sol que alumbraba la mañana y, a pesar de la fresca brisa que soplaba, sacó a Rafael y se sentaron en el patio en una mecedora de madera labrada. Con su chal de lana color crema echado sobre los dos y, mientras le daba a su bebé un biberón, miró hacia el horizonte gris azulado de las colinas que rodeaban la finca. El aire arrastró el tintineo de un cencerro y ella cerró los ojos para sumergirse en el evocador sonido.

Cuando volvió a abrir los ojos, un coche se estaba acercando a unos metros desde donde estaban sentados y vio fascinada que era Leandro el que bajaba del coche y corría hacia ellos. Por un momento contuvo la respiración, maravillada al sentirse como si estuviera contemplando una fascinante escena de una película. Mientras lo veía correr hacia ella y apreciaba su musculoso torso marcándose sobre su camiseta, se le vinieron a la memoria un gran número de los atractivos protagonistas de sus películas favoritas, pero todos ellos quedarían eclipsados ante la presencia de Leandro Reyes. Si, en lugar de dirigir películas, se decidiera a interpretar, ¡siempre sería un éxito de taquilla! Pero el hecho de que estuviera en casa en mitad del día, cuando, en realidad, debía estar rodando su película, hizo que su corazón se acelerara por otra razón. ¿Habría vuelto para decirle que se había dado cuenta de que su matrimonio no funcionaría? A pesar de que ya había hecho su maleta y de que le había dejado una nota de despedida, la boca se le secó ante el miedo de oír algo así.

—Hola —la saludó en español con una sonrisa tan cegadora como la luz del sol.

—Hola. ¿No tendrías que estar rodando hoy?

El pesar y el arrepentimiento ante su inminente marcha se fundieron en la sangre de Isabel, pero intentó mantener su tono de voz, a pesar de su aflicción.

—Sí... pero me he tomado un rato libre para pasarme por casa.

Leandro besó la sonrosada y cálida mejilla de Rafael. El bebé apartó su boquita del biberón y recompensó a su padre con una sonrisa tan dulce que, en ese momento, fue Leandro el que se sintió deslumbrado.

—Increíble —murmuró y no pudo resistirse a besar de nuevo a su hijo, que rodeó con su diminuta mano el dedo índice de su padre y se aferró a él.

—Está encantado de verte —comentó Isabel, a la vez que se preguntaba por qué Leandro querría tomarse un rato libre para ir a casa y que deseaba en secreto que él le dejara un poco de espacio para recobrar tranquilamente el aliento. No quería estar en tanta desventaja con él... no quería perder la compostura ante la imagen de esos impactantes ojos con sus espesas y brillantes pestañas y la indeleble calidez del aroma de su suave piel.

—¿Y tú, mi querida Isabel? —preguntó causando desconcierto en ella— ¿Tú también estás encantada de verme?

Ella pensó en la maleta preparada que había dejado sobre la cama, en la nota que le había dejado explicándole el porqué de su marcha.... y entonces asimiló, con gran sorpresa, las asombrosas palabras de cariño con las que se había dirigido a ella.

—Yo... —intentó desesperadamente encontrar palabras con las que responder a su pregunta, pero no acertaba a decir ninguna.

—Creo que mi padre te habría adorado —le dijo mientras le acariciaba el pelo, provocando en ella una corriente eléctrica que recorrió su interior y la hizo estremecerse—. Él habría dicho: «Hijo mío, serías estúpido si la dejaras marchar, porque ella es la mujer. Ninguna otra mujer podrá hacerte feliz». Mi padre siempre llevaba razón en lo que decía. Y por eso, yo confiaba en él incondicionalmente.

—¿Qué me estás queriendo decir con eso, Leandro?

—Lo único que estoy diciendo es que...

—Mamá.

Inmediatamente, ambos miraron con asombro a su hijo, que se movía para alzarse apoyándose en los brazos de su madre. Isabel volvió la mirada hacia Leandro con un brillo deslumbrante en sus ojos.

—¿Lo has oído? ¿Has oído lo que ha dicho? —acurrucó a su hijo contra ella y sintió ganas de llorar; su corazón rebosaba emoción. Entonces, su hijo se volvió a mover agitadamente para ahora acercarse a su padre. Con una sonrisa, Leandro extendió los brazos hacia él y Rafael se lanzó a ellos. Formaban una estampa maravillosa; padre e hijo, con sus cabellos brillantes y su impresionante belleza.

–Lo he oído, Isabel... pero, si te digo la verdad, no me sorprende. Nuestro hijo es un niño muy inteligente. Este pequeño va a dejar huella en el mundo. Lo sé. Tu mamá es encantadora, ¿verdad, Rafael? –dijo dirigiéndose deliberadamente al niño–. ¿Sabes que estoy locamente enamorado de ella?

–Pero tú dijiste que... –se mordió el labio y frunció el ceño en un gesto de confusión, sin apenas atreverse a creer lo que había escuchado–. ¿Por qué no me dijiste eso anoche? ¿Cómo has podido cambiar de opinión en tan poco tiempo?

–Que sea un experto dirigiendo películas no implica que lo sea en otras facetas de mi vida –arqueó una ceja y casi le hizo a Isabel perder el equilibrio al dirigirle una encantadora sonrisa. Pero al momento, su expresión casi se ensombreció–. Admito que, en el pasado, he tenido problemas para confiar en los demás. La gente, inevitablemente, nos decepciona y para algunos, entre los que me incluyo, es demasiado duro aprender a brindar nuestra confianza de nuevo. Cuando empecé a hacer películas y comencé a ser reconocido por mi trabajo, eso se me hizo todavía más difícil. En lo que respectaba a mis relaciones, ¿cómo podía yo saber si le gustaba a una mujer por mí mismo o si se arrimaba a mí únicamente por mi nombre? Particularmente en la industria en la que trabajo, existe una marcada tendencia de que eso ocurra. Pero aun así... mi padre, Vicente, me dijo que no tenía que ser tan precavido... que no había necesidad de preocuparse porque yo sin duda sabría cuándo había llegado la mujer correcta para mí... la única que me amaría por mi interior y a la que querría como madre de mis hijos. Y tenía razón, Isabel. ¿Por qué lo dudé? En cuanto me dijiste que estabas recorriendo el Camino de Santiago, debí haber sabido que ambos éramos almas gemelas. Tendría que haberlo sabido desde el momento en que entraste en el bar del señor Várez y mi corazón se detuvo. Esta mañana he visto en el periódico la fotografía que nos sacaron anoche. Miré tu hermoso rostro y, de repente, supe con sorprendente claridad lo que sentía por ti. Ni siquiera me importaba que el paparazzi nos hubiera sacado la foto. ¡Te amo y quiero que todo el mundo lo sepa! Estoy orgulloso de que seas la madre de este precioso hijo con el que Dios nos ha bendecido. Al miraros, me pregunto cómo sobreviviría al miedo de que algo os pudiera ocurrir. Para mí, nada es más preciado que mi familia... que Rafael y tú. Tendrás que ayudarme, Isabel.

Temblando, Isabel se levantó. Tomó la cautivadora cara de Leandro entre las manos y lo besó casi febrilmente. Sin acusar el roce de su piel sin afeitar contra sus delicados y suaves rasgos, simplemente se entregó al poderoso deseo de mostrarle lo mucho que lo amaba y lo mucho que deseaba ayudarlo a confiar y a superar ese miedo a que algo malo le ocurriera a alguno de los dos. Ese hombre, ese irresistible y fascinante narrador de historias, era el amor de su vida. Ningún otro hombre lo reemplazaría, porque ningún otro hombre podía igualarse a él.

—Te amo, Leandro... te amo.

—Ya veo que has estado trabajando con tu español... impresionante –sonrió, colocó a Rafael sobre su cadera y agarró la mano de Isabel para que no pudiera escapar de ese tierno círculo que los tres habían creado. La mirada que emanaba de sus vivos ojos ardía de amor–. Pero siento la necesidad de ayudarte a mejorar enseñándote unas cuantas expresiones que me gustaría oír de tus labios.

–¿Ah, sí?

–Sí... por ejemplo: «¿Cuándo vas a hacerme el amor, Leandro?»

–Sí –asintió Isabel sin poder evitar ruborizarse–. Esa es una expresión que me tengo que aprender.

Pero ¿por qué tardaba tanto en decirlo? Cualquier hombre se volvería loco si tuviera que esperar tanto como lo estaba haciendo él en ese momento.

Constanza había recogido a Rafael hacía media hora y el bebé pasaría la noche con ella para que Isabel y Leandro pudieran pasar algo de tiempo a solas. Pero en lugar de acompañarlo a la cama, como era el más ardiente deseo de Leandro en ese momento, Isabel había dicho que necesitaba refrescarse primero y se había encerrado en el cuarto de baño para darse una ducha. Después de caminar alrededor del espacioso dormitorio por enésima vez, Leandro, impaciente, llamó a la puerta del baño y, para su sorpresa, descubrió que no estaba cerrada con llave. El ambiente estaba cargado de un aromático vapor cuando pronunció el nombre de Isabel e intentó que su voz se oyera por encima del ruido del agua al caer; no pudo evitar que su mirada se quedara prendida de la provocativa imagen que estaba contemplando tras la puerta de cristal de la ducha.

Todos los pensamientos, las emociones y las sensaciones en el musculoso cuerpo de Leandro fluyeron directos hacia su ingle. Abrió la puerta de la ducha y se topó con la inocente y cautivadora sonrisa de su futura esposa, mientras el agua caía en forma de cascada sobre su reluciente y desnudo cuerpo.

—¿Por qué has tardado tanto? —preguntó ella, que siguió enjabonándose con la esponja.

Leandro le arrebató la esponja de la mano.

—¿Sabes que te mereces un castigo por haberme hecho sufrir tanto haciéndome esperarte cuando podría haber estado aquí contigo todo este rato? —previamente descalzo, se quitó la camiseta e hizo lo mismo con sus vaqueros y calzoncillos.

Con sus ojos negros brillando de placer, Isabel se echó atrás para hacerle sitio y él metió su impresionante cuerpo bajo la cascada de agua y cerró la puerta.

—¿Debería estar asustada? —preguntó Isabel.

—No —dijo él antes de apretar sus labios contra los de ella en un húmedo y profundo beso que la hizo estremecerse violentamente de deseo. Cuando volvió a alzar su cabeza, él comenzó a deslizar las manos hacia la parte inferior de su cuerpo—. Pero sí que debcrías prepararte para gritar y gemir.

—No sé lo que quiere decir, señor Reyes —bromeando mientras miraba fijamentc a su hermoso rostro cubierto por el brillo del agua, Isabel volvió a sentir un escalofrío bajo el vaporoso río de agua que se deslizaba por todo su cuerpo.

—Pues deja que te lo demuestre...

Colocó las manos bajo sus nalgas, la levantó y la apoyó contra la brillante pared de baldosas color aguamarina mientras sus labios se volvían a fundir, y hábilmente, se introdujo en su aterciopelada esencia.

Al sentir cómo la llenaba y se movía dentro de ella, Isabel gritó y unas lágrimas de felicidad comenzaron a deslizarse por su húmedo rostro mientras él seguía poseyéndola y su corazón ardía porque ahora ya sabía que él la amaba tanto como ella a él.

Por un breve momento, reflexionó sobre cómo su decisión de recorrer el Camino de Santiago había originado su encuentro y estaba sobrecogida por cómo las circunstancias parecían haberse sincronizado para reunirlos. Incluso Emilia, aunque no lo sabía, había tenido un importante papel en todo ello. Y no había duda de que resultaba irónico.

Volvió a centrar su atención en las apasionadas sensaciones que estaban fluyendo por su cuerpo; deslizó sus brazos sobre los brillantes y tersos bíceps de Leandro y se deleitó en el profundo amor que sentía por él. Sus movimientos se aceleraban cada vez más, su musculoso torso la fijó más todavía a la pared y los sentidos de Isabel se desenfrenaron cuando alcanzó el clímax. Se aferró más a él, con sus brazos, que lo rodeaban por el cuello y con sus muslos temblando de placer, cuando sintió cómo el cuerpo de Leandro vibraba dentro del suyo. Al final de su gemido se oyó el nombre de Isabel, que sonrió al apreciar la aturdida expresión que se había apoderado de sus cautivadores rasgos.

–Si este ha sido mi castigo... ¿qué me hará cuando quiera complacerme, señor Reyes? –le preguntó de forma provocativa.

Despacio, la volvió a poner sobre el suelo y después de echarse el pelo hacia atrás, se quedó examinándola con una, casi, solemne mirada.

–Nos queda toda una vida por delante como marido y mujer para descubrirlo... ¿verdad, mi ángel?

Bianca

Él se llevó su virginidad y ella prometió vengarse

Sophie Durante esperaba frente a la lujosa oficina de Luka Cavaliere con el corazón acelerado. Cinco años antes, cuando la encontraron en la cama del magnate siciliano, su reputación y su orgullo quedaron destruidos. Luka estaba en deuda con ella y había ido a pedir una retribución. Para consolar a su padre moribundo, Luka debía hacerse pasar por su prometido.

Intrigado, Luka aceptó tan asombrosa proposición. Sabiendo que bajo la fría fachada de Sophie había una personalidad ardiente, intuía que la farsa podría ser muy placentera.

Pero hacer el amor estaba fuera de la cuestión… hasta que le hiciese admitir cuánto lo deseaba.

UN NOVIO SICILIANO
CAROL MARINELLI

Acepte 2 de nuestras mejores novelas de amor GRATIS

¡Y reciba un regalo sorpresa!

Oferta especial de tiempo limitado

Rellene el cupón y envíelo a
Harlequin Reader Service®
3010 Walden Ave.
P.O. Box 1867
Buffalo, N.Y. 14240-1867

¡Si! Por favor, envíenme 2 novelas de amor de Harlequin (1 Bianca® y 1 Deseo®) gratis, más el regalo sorpresa. Luego remítanme 4 novelas nuevas todos los meses, las cuales recibiré mucho antes de que aparezcan en librerías, y factúrenme al bajo precio de $3,24 cada una, más $0,25 por envío e impuesto de ventas, si corresponde*. Este es el precio total, y es un ahorro de casi el 20% sobre el precio de portada. !Una oferta excelente! Entiendo que el hecho de aceptar estos libros y el regalo no me obliga en forma alguna a la compra de libros adicionales. Y también que puedo devolver cualquier envío y cancelar en cualquier momento. Aún si decido no comprar ningún otro libro de Harlequin, los 2 libros gratis y el regalo sorpresa son míos para siempre.

416 LBN DU7N

Nombre y apellido	(Por favor, letra de molde)

Dirección	Apartamento No.

Ciudad	Estado	Zona postal

Esta oferta se limita a un pedido por hogar y no está disponible para los subscriptores actuales de Deseo® y Bianca®.
*Los términos y precios quedan sujetos a cambios sin aviso previo.
Impuestos de ventas aplican en N.Y.

SPN-03 ©2003 Harlequin Enterprises Limited

VAN

La esposa de su enemigo

BRONWYN JAMESON

La amnesia le había robado los recuerdos, pero con solo ver la traicionera belleza de Susannah Horton, Donovan Keane evocó las apasionadas imágenes del fin de semana que habían compartido sin salir de la cama. Susannah había planeado aquel romance para arruinar un importante negocio, pero ahora Van tendría la ocasión de vengarse. En una sola noche conseguiría romper el compromiso de matrimonio de Susannah, recuperaría el negocio y se marcharía con todos los recuerdos que necesitara para seguir adelante.

Lo que no imaginaba era lo difícil que le resultaría olvidarla a ella.

Él estaba decidido a vengarse... pero aquella mujer era completamente inocente

Bianca

¿Madre del heredero del imperio Carducci... o virgen inocente?

Cuando el infame Raul Carducci se enteró de que un bebé había puesto en peligro su herencia, decidió hacer lo que fuese necesario para evitar que le quitasen lo que era suyo.

Para proteger al pequeño Gino, la humilde Libby Maynard se había visto obligada a hacerse pasar por su madre, pero no había contado con tener que convencer de su engaño a Raul Carducci.

Y cuando este, con su seductora voz, le había pedido que se casase con él, Libby no había podido negarse... ni siquiera a pesar de saber que se iba a desvelar la verdad durante la noche de bodas.

INOCENTE HASTA EL MATRIMONIO
CHANTELLE SHAW

[5]